마음을 정하다

이 도서의 국립중앙도서관 출판예정도서목록(CIP)은 서지정보유통지원시스템 홈페이지(http://
seoji.nl.go.kr)와 국가자료공동목록시스템(http://www.nl.go.kr/kolisnet)에서 이용하실 수 있습니다.
(CIP제어번호 : CIP2014029037)

마음을 정하다

5도2촌 엄마의
귀촌 이야기

윤인숙 지음

1장 마을에 들다

2장 주변을 바라보다

마을에서 꾸는 새로운 꿈

올해 중2가 된 둘째 아이 강현이는 초등학교 때 강원도 양양에서 2년 동안 산촌유학을 하고, 경상남도 산청에서 2년간 기숙형 대안초등학교를 다녔다.

일하는 엄마로서 나는 늘 아이의 교육이 버거웠다. 두 아들은 8년 차이가 난다. 둘째 아이 때 학교 분위기는 첫째 때와 완전히 달라져 있었다. 큰아이 초등학교 때 교과목 학원을 다니는 건 미친 짓이었다. 그런데 작은 아이 때는 그게 일반적인 일이 되어 있었다.

내가 일하는 동안 육아를 전담한 친정어머니는 아이를 위해 같은 아파트 단지 젊은 엄마들과 친하게 지냈다. 다른 아이들에게 뒤질까봐 어머니는 노심초사했다. 젊은 엄마들의 이야기를 들은 친정어머니는 다른 아이들이 이 학원, 저 학원 다닌다고 이야기를 전했다. 아이를 돌보지 못한다는 죄책감에 나는 줏대 없이 휩쓸렸다. 태권도, 피아노는 기본이고 바둑은 아이가 좋아하니 다니는 게 좋겠고, 수줍음 많은 아이를 위해 웅변 학원도 필요하고, 과학이 중요하다고 하니 와이즈만도 좋을 것 같고, 학교 영어 수업을 따라잡으려니 영어 학원도 다녀야겠고, 동네 엄마가 하는 미술공부방도 재미있을 것 같고 ……. 이래저래 한두 가지씩 학원을 늘리게 되었고 급기야 대여섯 가지로 늘어났다. 저녁나절에야 아이는 집으로 돌아왔고, 놀 시간이 없었다. 나이 서른여섯에 힘들게 아이를 낳았고, 아이는 태어나자마자 일주일간 인큐베이터 신세를 졌다. 허약한 아이는 자주 코피를 흘렸고, 초저녁이면 지쳐 쓰러져 잤다.

다른 학원이야 끊으면 그만이지만, 이명박 대통령 시절 강화된 학교 영어 공부가 문제였다. 가르친 걸 익힐 시간도 없이 계속 단어 시험을 보고 아이들을 평가했다. 숨 막히게 학교를 다녀야 하나 고민을 하면서 대안학교를 생각하게 되었고, 2학년 말부터 설명회를 찾아다녔다. 그러나 일하는 엄마가 아이를 집에서 멀리 떨어진 대안학교에 보내는 건 불가능에 가까웠다. 더 문제는 아이의 반응이었다. 학교라면 큰 건물이 있어야지 이게 무슨 학교냐는 것이었다.

고민이 깊어지던 2학년 겨울방학, 아는 분이 강원도 양양에 산촌유학센터를 열었다면서 오픈식 초대장을 보냈다. 듣기는 여러 번 들었는데 실체가 머리에 잡히지 않는 산촌유학이었다. '도대체 뭐지?' 갑자기 궁금해졌다. 겨울방학 막바지에 가족여행을 겸해서 그곳을 찾아갔다.

거기서 새로운 길을 만났다. 공교육 속에서 대안교육을 할 수 있는 길, 사라져가는 시골 학교를 살리고 지역도 살리는 길이라는 산촌유학의 취지에 공감했다. 선생님은 두 자리가 비어 있으니 아이를 두고 가라고 했다. 그러나 알아보기나 하자고 왔는데 그 자리에서 당장 결정할 수는 없었다. 이제 겨우열 살 아닌가.

그럼 캠프 온 셈 치고 아이를 일주일만 있게 해보라고 제안했다. 3일 만에 아이한테서 전화가 왔다. 여기 있으면 학원 안 다녀도 되냐고, 그럼 1년만 다녀보겠다고. 그렇게 갑작스럽게 산촌생활이 시작되었고, 나는 대안교육에 대해 더 관심을 가지게 되었다.

대안교육 잡지 《민들레》를 구독하기 시작했고, 거기서 기숙형 대안초등학교가 있다는 걸 알게 되었다. 그해 5월 학교 설명회에 참석했다. 그러나 대안학교에서 요구하는 서류들, 이를테면 아이의 자기소개서, 부모의 자기소개서 등이 너무 버겁게 느껴졌다.

대안학교에 대한 책과 잡지를 읽으면서 나 혼자 쌓아놓은 환상도 무너져내렸다. 대안학교에서도 도난 사고가 발생하고, 대안학교를 나와도 우울증을 앓는구나. 대안학교에서도 부모와 선생이 싸우고, 부모들끼리도 싸우고 갈라지는구나. 아, 대안학교라고 부모와 아이들이 마냥 행복한 곳은 아니구나. 거기도 문제가 많다면 산촌유학이 더 나을 수도 있겠다 싶었다.

그러나 2년 차에 접어들면서 한계를 느끼게 되었다. 산촌유학은 주체가 되는 유학센터, 지자체와 학교가 생각을 공유해야 한다. 학생을 유치

할 때 지자체와 시골 학교는 대안교육을 지향한다고 설명했다. 그러나 산촌유학에 적극적이던 선생님이 다른 곳으로 옮기자 학교 분위기가 달라졌다. 선생님들이 순환하는 공립학교의 특성상 학교의 일관성을 기대하기가 어려웠다. 게다가 시골 학교가 아이들을 학교에 더 오래 잡아두었다. 시골에선 부모들이 다 일을 해야 하니까 방과 후 교실을 운영하면서 네다섯 시나 돼야 학교를 마쳤다. 산촌유학센터는 다양한 야외 활동을 하고 싶어 했지만, 학교가 늦게 끝나니 어려웠다.

마침내 산촌유학센터와 학교가 결합한 형태의 대안학교에 오기로 결심했다. 대안학교의 교육철학과 교육방식에는 찬성하지만 비인가 학교라는 걸 뒤늦게 안 남편이 최대 난관이었다. 교과서도 없이 교육한다는 것을 이해할 수 없다고 했다. 다시 공교육으로 넘어올 수 있는 방법도 있어야 할 것 같았다. 대안교육 잡지《민들레》를 만드는 김경옥 선생님에게 전화를 걸었다. 김 선생님은 초등학교는 꼭 대안학교를 보내는 게 좋겠다고 말했다. 최근 들어 초등학교가 점점 이상해지고 있다는 것이다. 성장기에 한창 뛰어놀아야 할 아이들을 쉬는 시간도 줄여가며 하루 내내 교실에 앉혀두고 있다고 말했다. 아이의 건강을 최고로 여기는 남편이 결국 동의해주었다. 자신이 시골에서 성장기를 보냈기 때문에 그 점만은 충분히 공감했다.

그간의 고민이 내공이 되어 어렵게만 느껴지던 자기소개서도 별것 아니게 되었다. 아이도 유학센터의 글쓰기 수업에서 익힌 솜씨로 자기소개서를 어렵지 않게 썼다. 고민하며 부대낀 시간이 아이와 나를 발전시켰던 것이다.

2011년부터 산청에서의 어린이학교 생활이 시작되었다. 아이는 남쪽의 공기가 텁텁하다며 설악산의 공기를 그리워했고, 축구하기엔 운동장이 너무 작다고 투덜댔다. 대안학교가 공부를 너무 안 시키는 것 아니냐며 걱정도 했다. 나 역시 초반에는 프로젝트 수업이라는 이해하기 힘든 용어와 수업 방식에 어려움을 느꼈다.

그러나 곧 편안해졌다. 대안학교에 대한 낮은 기대가 편안한 마음을 갖는 데 많은 도움이 되었다. 산촌유학 시절 부모 노릇 한다고 꽤나 설쳐댔는데, 이곳에서는 마음이 한결 뒤로 물러난 상태였다는 점도 편안한 마음을 갖는 데 기여했다. 그러나 무엇보다도 학교를 믿는 마음이 가장 컸다. 학교를 믿는 순간 부모로서의 불안감은 사라졌다. 매 학기 두 번 있는 면담 시간은 학교와 선생님에 대한 신뢰를 높여주었다. 한 시간 이상 진지하고 심도 깊은 대화를 통해 내 아이가 어떤 생각을 하고 지내는지, 부모인 나는 어떻게 해야 할지 알 수 있었다.

열 살 때부터 시작한 시골생활을 통해 아이는 예전의 허약하던 모습이 거의 없어졌다. 해가 지도록 축구를 해도 다음 날이면 쌩쌩하고, 겨울에도 반바지를 입고 다닌다. 온갖 시골 음식을 두루 잘 먹어 얼굴의 버짐 자국도 거의 없어졌다. 공동체 생활 6년 차인 아이는 혼자 자기보다 친구들하고 엉겨붙어 자기를 좋아한다. 집에 왔다가 학교에 돌아갈 때는 자기 물건을 스스로 챙기고, 좋은 물건과 좋은 옷에 큰 욕심이 없다. 아이나 부모나 공부에 집착하지 않으니 서로가 갈등할 일도 없다. 아이를 시골에 처박아 두고 바보 만들려고 그러느냐며 나를 '정신 나간 엄마' 취급하던 친정어머니도 요즘은 둘째가 제일 행복한 것 같다고 말한다.

아이와 함께 나도 달라졌다. 아이를 시골에 보내면서 삶의 여유를 찾게 되었다. 도시인을 자처하던 내가 시골을 드나들면서 시골생활을 꿈꾸게 되었다. 공동체는 내 타입이 아니라고 말하던 내가 공동체적 삶에도 관심을 갖게 되었다. 아이에게 좋은 것을 찾아다니다 보니 예기치 못한 곳으로 내가 와 있었다.

아이와 더 많은 시간을 보내고 싶어서 시작한 오도이촌五都二村 생활 동안 나에게는 새로운 꿈이 자랐다. 타샤 튜더 할머니처럼 멋진 정원을 가꾸고 그곳에 힐링 캠프를 만들어 주변 사람들과 공유하는 것이다. 자연스럽게 내가 좋아하는 일을 하면서 세상에 필요한 사람이 되고 싶다는 생각을 한다. 아이가 중학교를 졸업하기까지 남은 1년 반, 나는 이곳 시골살이를 통해 또 달라질 것이다. 스티브 잡스가 말했듯, 삶이란 정말 작은 점들로 연결된 선과 같다.

2014. 9. 30

도시에서 태어나 도시에서만 살아온 내가 시골살이를 시작했다.
도시생활에 지친 많은 사람은 언젠가는 시골에서 살고 싶다는
생각을 가슴 한쪽에 품고 산다. 나 역시 은퇴하면 그러리라 했는데,
생각보다 일찍 시골살이를 경험하게 되었다.
막상 시작해보니 그리 멀지 않은 곳에 길이 있었다.

—

1장

마을에 들다

산촌에서의 첫날

2013년 1월 마지막 주, 드디어 산촌에 집을 계약했다. 경남 산청군 간디숲속마을. 둘째 강현이가 다니게 될 산청 간디중학교가 있는 마을이다. 아이는 초등학교 3학년 때부터 시골 학교에 다녔다. 3~4학년 때는 강원도 양양에서 산촌유학을 했고, 5~6학년 때는 산청의 간디어린이학교를 다녔다. 기숙형 대안학교인 간디어린이학교는 학교교육만큼이나 가정교육이 중요하다고 생각해서 아이들을 주말마다 집으로 나들이를 보낸다. 그런데 중학교에 올라가면 집 나들이가 2주에 한 번이란다. 어린 시절부터 떼어놓

간디숲속마을 전경

은 아이라 더 크기 전에 자주 보고 싶었다.

6학년 1학기 때 선생님과 중학교 진로 이야기를 나누었다. 아이를 자주 보고 싶으면 마을에 집을 얻어 엄마가 주말마다 내려오는 것도 방법이라고 조언해주었다. '아, 그런 방법도 있구나!' 직장이 있는 대전에서 학교가 있는 산청까지는 버스로 서너 시간 거리지만 승용차로는 두 시간 거리니까 큰 부담이 없을 것 같았다. 오랫동안 주말마다 장거리 이동을 하는 데 지쳐 있던 아이도 좋아했다. 그렇게 해서 마을에 집을 구하게 되었다.

집주인은 2007년에 개발된 간디숲속마을의 초기 분양자이다. 귀촌의 꿈을 안고 내려와 집을 짓고 3년을 살다가 개인 사정으로 다시 수도권으로 올라갔다. 부동산중개인을 끼지 않은 계약이라 중개업을 하는 지인에게 조언을 구했다. 그의 말에 따라 인터넷에서 전세 계약서 양식을 다운 받아 두 부를 작성해서 집주인과 한 부씩 나누어 가졌다. 증인으로 옆집에 사는 별아띠* 님이 배석해주었다. (이하 *이 붙은 것은 간디마을에서 쓰는 닉네임)

계약한 그날부터 지내보려고 전기장판을 챙겨 갔다. 1월 초 인도 성지 순례를 다녀온 직후라 어느 정도 추위에는 단련되어 있었다. 인도의 겨울은 하루에 봄 여름 가을 겨울이 다 있고 밤에는 우리의 겨울만큼이나 추웠다. 그러나 인도에는 난방 시설이 전혀 없었다. 그런 날씨에서 보름을 지내다 왔다. 방 온도는 9도, 바닥에 전기장판을 깐 후 얇은 파카를 입고 오리털 침낭 안에 들어가니 그럭저럭 견딜 만했다. 바람 술술 들어오던 인도의 숙소를 생각하니 외풍이 없는 것만 해도 감사했다.

다음 날 새벽, 전날 마신 술 때문인지 배가 살살 아프기 시작했다. 바깥에 있는 생태화장실 청소를 안 해놔서 날이 밝을 때까지 참아보려 했다.

그러나 급한 나머지 밖으로 뛰쳐나가고 말았다. 뒷간 으슥한 곳에 앉으니 의외로 시원하게 잘 나왔다. 인도 여행 때 노상에서 볼일 봤던 경험이 큰 도움이 되었다. 그때의 노하우는 '눈을 감는다, 앉는다, 일을 본다, 일어선다, 눈을 뜬다'였다.

그렇게 첫 '거사'를 치른 후, 아침나절에 생태화장실에 쓸 부엽토를 모으러 산에 다녀왔다. 생태마을인 이곳에는 수세식 화장실과 가로등이 없고, 화학 세제를 사용하지 않는다. 집을 구하면서 제일 큰 걱정거리가 사실 화장실이었다. 아무리 '생태'가 좋다 해도 내가 배설한 것을 내 눈으로 봐야 하는 '재래식 화장실로의 귀환'은 정말이지 피하고 싶었다. 그러나 중요한 것이 무엇인지를 생각하면 그런 것은 부차적인 것이었다.

세상이 살기 좋아질수록 인간의 자연 적응력은 현저히 떨어지기 마련이다. 비데에 익숙해지면서 밖에 나가 볼일을 보지 못하는 사람도 많다. 여행 가면 일을 못 봐 몸이 묵직해지는 것도 자주 있는 일이다. 나 역시 인도 여행 전이었다면 생태마을 적응이 엄청 힘들었을 것이다. 오지에서 한 1년 살다 오면 그 어느 곳에서도 편하게 지낼 수 있을 것 같다.

이날 오후, 마을 친구 달사랑*네 집으로 일을 거들러 갔다. 마당에서 반쯤 말린 곶감을 포장하기 좋게 손으로 다듬는 일이었다. 달사랑은 대학 동창이다. 대기업에서 15년을 일하다가 7년 전에 귀농했다. 유정란을 주 생산물로 하고 봄에는 매실효소, 여름에는 오미자, 가을에는 곶감을 만든다. 몇 년 전 대학 동기 모임 때 이 친구의 귀농 소식은 큰 화젯거리가 되었다. 즉석에서 이 친구네 집 구경을 가자고 의기투합했지만 사는 게 바빠서 실행에 옮기지 못했다.

마을 한가운데에 있는 집

　　대학 졸업 후 20여 년 만에 같은 마을 주민으로 만난 친구와 이런저런 이야기를 곁들여 서너 시간 일을 한 후 곶감을 얻어 집으로 내려왔다. 친구 덕분에 마을에서 쉽게 집을 구할 수 있었고, 일을 거들어보니 어렵지 않게 마을에도 적응할 수 있을 것 같다. 사람의 인연이란 언제 어디서 어떻게 다시 이어질지 모를 일이다.

　　도시에서 태어나 도시에서만 살아온 내가 시골살이를 시작했다. 도시 생활에 지친 많은 사람은 언젠가는 시골에서 살고 싶다는 생각을 가슴 한쪽에 품고 산다. 나 역시 은퇴하면 그러리라 했는데, 생각보다 일찍 시골살이를 경험하게 되었다. 막상 시작해보니 그리 멀지 않은 곳에 길이 있었다.

뜻밖의 생태화장실

결혼 전과 신혼 시절에는 단독주택에 살았지만, 1996년 일산 신도시로 이사 오면서부터 17년을 아파트에 살았다. 그동안 나는 아파트의 편리함에 길들여졌다. 다시 살게 된 단독주택, 기름을 직접 사다 넣어야 하니 난방에 엄청 민감해진다.

'기름을 안 때고 살 수 없을까?' 고민하던 터에, 완주에서 화목난로 공모전이 열렸다. 가보니 괜찮은 난로들이 여럿 있다. 그러나 난롯값도 만만찮고, 집 밖으로 연통을 설치해야 하고, 연료도 사야 하고, 몇 시간마다 수시로 연료를 넣어야 한다니 귀찮은 일이 많아 보였다. 그냥 기름보일러와 전기난로를 쓰는 것으로 결론을 내렸다.

산촌에 온 지 3주 차, 금요일 밤늦게 집에 돌아오니 현관 앞에 공사 자재가 잔뜩 쌓여 있다. 전세 계약하던 날 집주인이 말한 대로, 지난여름 폭우로 물길이 난 마당에 배수관을 묻는 공사와 폭한에 얼어 터진 수도 공사를 할 모양이다.

기후 변화 여파로 여름엔 폭우가 많고 겨울엔 눈이 많아서 시골살이가 점점 어려워진다는 글을 어디선가 읽은 기억이 난다. 올겨울 수도 동파 사연은 페이스북에서도 적잖이 보았다. 이럴 때는 집 관리 걱정 없는 세입자가 좋구나 싶다.

4주 차 금요일 저녁, 진주 시내 재활용센터에 들러 냉장고와 전자레인지를 샀다. 전자제품 없이 사는 삶도 생각해보았지만, 몇 주 지내고 보니 아무래도 안 되겠다. 생전 처음 냉장고를 자세히 들여다보았다. 앞면에 연

야외 생태화장실

간 전기료가 표시되어 있다. '아 이런 게 다 있구나.' 내가 산 냉장고는 연
간 8만 원, 한 달에 7,000원어치 전기료가 든다. 냉장고가 생각보다 전기를
많이 먹는다.

지난해 말 간디대학원 강의에서 농부 시인 서정홍 님이 한 말이 생각
난다. 시골 내려와 돈 걱정 없이 살았는데, 지인들이 시골 입주 선물이라고
김치냉장고와 중고차를 사주고 간 바람에 졸지에 그 두 물건을 먹여 살려
야 할 처지가 되어버렸다고 한다. 우리가 고생해 번 돈이 어떻게 쓰이는지
참으로 생생하게 다가왔다. 생활 습관을 바꾸면 의식주가 해결된다는데,
시골살이를 통해 나도 생활 습관을 조금씩 바꾸어보려 한다.

다음 날, 간디어린이학교 졸업식을 마친 후 집들이를 겸해서 졸업생 모임을 우리 집에서 열었다. 늦은 밤이 되자 아빠들과 남자아이들은 건넌 방에, 여자아이들은 안방에, 엄마들은 거실에 잠자리를 폈다. 새벽녘에 한 기가 들어 일어나 보니 보일러가 멈춰 있다. 지난주에 두 통 사다 넣은 기름이 벌써 떨어진 모양이다. 방에 들어가니 온풍기와 전기난로가 켜져 있다. 후끈한 걸 보니 밤새 돌아간 모양이다. 갑자기 걱정이 밀려온다. '비어 있는 주중에는 누구에게나 집을 빌려주겠다고 페이스북에 올렸는데, 개념 없는 객들에게 집 빌려줬다가 전기세 폭탄을 맞을지도 모르겠구나!'

일어나 부스럭거리니 거실에서 자던 엄마들이 하나둘 일어나 식탁에

생태화장실에서 내다본 풍경

20

앉는다. 커피 한 잔씩 마시고 아침 산책 겸 마을 구경에 나섰다. 우리 마을에 이사 오고 싶어 하는 보아 엄마를 위해 얼마 전 집을 내놓은 까치발* 님네 들렀다. 작지만 두 채로 나뉘어 있는 집이다. 건축가인 이 마을 개발자가 한옥을 현대화해서 지었다는데, 아파트 평면에 익숙해서인지 처음에는 '영 아니다' 싶었다. 그러나 겨울을 지내면서 생각해보니 꽤 합리적인 구조인 것 같다. 난방비 많이 드는 겨울에는 한 채만 사용하고, 난방비 걱정 없는 여름에는 두 채 다 사용하면 되니 말이다. 또 손님이 오면 별채에 호젓하게 머물 수 있으니 그것도 좋은 일인 것 같다.

마을 뒤편으로 이어지는 숲 속 길을 따라 한 시간여 산책을 하고 돌아와 아침을 먹은 후 사람들은 짐을 챙겨 떠났다. 혼자가 되자 갑자기 몸에서 신호가 온다. 집을 얻은 지 4주 만에 생태화장실에서 일을 보았다. 아, 의외로 쾌적하다. 선암사 해우소마냥 뚫려 있는 앞면으로 내다보이는 풍경도 좋고, 옆으로 흐르는 개울물 소리도 좋다. 시원한 공기를 마셔서 그런가, 배출이 잘되어 몸이 개운하다. 첫째 주에 마련해둔 부엽토 두 삽을 부으니 뒤처리도 깔끔하다.

신기하게 생태화장실에서는 냄새가 안 난다. 예전의 재래식 화장실이 아니라서 대소변을 분리하면 냄새가 없단다. 소변은 주로 실내 욕실에서 가볍게 해결한다. 사료 바가지에 일을 본 후 말통에 붓고, 통이 다 차면 밖으로 내보낸다. 나중에 물로 희석해서 소변 액비로 쓰면 된단다. 야외 화장실에서 일을 보다가 두 가지를 한꺼번에 배출하면 어떻게 되냐고 걱정하는 손님도 있다. 그 정도는 괜찮다. 변이 엄청 굵어서 가끔 어린이학교 화장실을 막히게 했던 강현이는 변기 막힐 염려가 없다고 생태화장실을 아주 좋아한다.

산촌유학 동창인 성미산마을 엄마들도 놀러 왔다가 생태화장실에 반했다. 재활용장에서 주운 보석함에 휴지를 넣어두었더니 휴지를 보석처럼 아껴 쓰라는 뜻 같아서 그것도 좋다고 한다.

오후가 되자 이틀 동안 감지 못한 머리가 간지럽다. 시골살이에 적응하고는 있지만 일요일 오후가 되면 도시의 중앙난방 아파트가 그리워진다. 귀촌 초반에는 당분간 냉탕과 온탕을 오가는 오도이촌살이가 좋은 것 같다.

주민을 만나는 마음가짐

겨울이 끝나가는 2월 중순부터 밭에 나갔다. 우리 집은 대지 100평에 밭이 300평이다. 마을 한가운데에 집이 있고 밭이 평평해서 우리 밭이 제일 커 보인다. 먼저 마당에 우거진 잡풀 걷어내기 작업부터 시작했다. 걷어내고 보니 반쯤 땅에 묻힌 파란 비닐봉지가 보인다. 잡아당기니 이내 부스러진다. '시간이 지나면 비닐도 가루가 되는구나, 그런데 비닐이 썩지 않으면 어떻게 되는 것이지?' 걱정이 된다. 나중에 알아보니 친환경 재료로 만든 비닐은 잘 썩으니 걱정하지 않아도 된다고 한다.

밭을 정리하다 보니 여기저기 잡다한 물건들이 쑤셔 박혀 있다. 밭과 도로변, 도랑 구석구석에서 전선줄, 모종삽, 호미, 물뿌리개, 물통, 솥뚜껑까지 나온다. 다 그러모으니 자루 하나가 넘친다. 왜 이렇게 물건들이 버려져 있을까 의문이 든다. 그런데 가만 보니 바람이 장난이 아니다. 매서운 겨울바람에 밖에 둔 물건들이 산지사방으로 날린 모양이다.

　나무를 휘감고 있는 덤불들도 떼어냈다. 그동안 나무들이 얼마나 성가셨을까 생각하다가 그만 피식 웃음이 나온다. 나무가 성가셔했는지 좋아했는지는 모를 일이다. '내가 또 멋대로 생각하는구나!'

　밭에서 일할 때 무척 성가신 게 하나 있다. 바로 도깨비바늘이다. 옷에 엄청 잘 달라붙는데, 끝이 뾰족해서 옷을 뚫고 들어와 속살을 마구 찔러댄다. 밭에서 나오면 그걸 잡아떼는 게 일이다. 이 씨앗의 이름을 몰랐을 때 '집착'이라는 별명을 붙여 불렀다. 내 입장에서야 성가시지만 잡초 입장에서는 사람 몸에 붙어 멀리까지 퍼져나가니 번식하는 데는 그만이다. 그 끈

우리 집 마당에 무성한 잡풀

23

질긴 생명력이 존경스럽다. 다음 주에는 미끈한 재질의 작업복을 준비해야 겠다. 짜증 내봤자 나만 손해. 내가 자연에 적응할 수밖에 없다.

낮에 일하느라 힘들었는지 밤에 잘 때 끙끙 앓는 소리를 냈다. 다음 날 아침이 되니 '오늘은 대충 하자. 생병 앓아가며 할 것까진 없잖아'라는 생각이 든다. 그런데 이 밭일이라는 것이 은근히 중독성이 있다. 조금만 더, 조금만 더 하다 보면 쉬지 않고 하게 된다. 일을 심하게 했더니 손가락 관절에 무리가 와서 한동안 침을 맞으러 다녔다. 의사 선생님 말이, 이제 나이도 있으니 무리하지 말란다. 건강을 위해 50분마다 한 번씩 타이머라도 맞춰놓고 일해야 할까보다.

집이 동네 한가운데에 있고 도로변이다 보니 내가 일하는 모습을 보고 지나가던 사람들이 한마디씩 한다. "뭘 심으려고 그렇게 열심히 하세요? 너무 애쓰지 마세요." "밭이 넓으니 이웃들과 나눠 쓰세요." 속으로 '참, 참견들 많으시네' 하는 생각이 든다. 그러나 나 역시 옆집 별아띠 님이 밭에서 일하는 모습을 보고 옆으로 다가가게 된다. 별아띠 님은 개인 천문대를 운영해서 일요일 오전은 손님들 챙기느라 바쁠 텐데, 웬일로 밭에 있다.

나 : 뭐 하세요?

별아띠 : 3년 묵은 도라지 캐는 중이에요.

나 : 들국화* 님은 어디 가셨어요?

별아띠 : 몸살로 누워 있어요.

나 : 어젠 천문대에 손님이 없었나봐요?

별아띠 : 네, 보름이라 손님을 안 받았어요.

마을 위로 크게 뜬 무지개

나 : 보름에는 별이 안 보이나요?
별아띠 : 네, 달이 환하니까 별이 안 보이죠.

아파트에서는 사람들이 오글오글 모여 살아도 옆집에서 뭘 하는지 알수가 없다. 엘리베이터에서 사람을 만나도 누군지 모르고, 알아도 잠시 인사를 나눌 뿐이다. 시골살이가 도시와 다른 점은 사람들이 밖에서 일을 하고 있으니 어느 한쪽에서 다가가면 대화를 나눌 수 있다는 것이다.

이 순간, 이상적인 의사소통을 위한 마음가짐이 필요하다. 특히 내 경우는 초보자이다 보니 주민들이 이것저것 가르쳐주고 싶은 마음에 조언이나 충고를 하는 것 같다. 그런데 열린 마음으로 대하지 않으면 조언이나 충고를 간섭으로 생각되고 마음이 불편해지기도 할 것 같다. 귀농살이 선배들한테 들은 이야기도 그런 편견을 더해주는 것 같다. 간섭이라고 생각하는 순간, '아, 나를 도와주려고 하는구나!' 하고 좋은 뜻으로 받아들여야겠다. 무한반복 연습이 필요하리라.

편안한 죽음

3월 중순 토요일 아침, 내려오는 길에 생각해보니 산청 장날이다. 이것저것 필요한 것도 사고 구경도 할 겸 잠시 들렀다. 장이 생각보다 작고 한산하다. 아직 초봄이라 물건이 그리 많지 않다. 농기구 몇 개와 꽃무늬 작업복, 고무장갑을 사서 출발했다.

집에 도착하니 마당 앞의 목련이 서서히 꽃을 피우고 있다. 매화꽃 봉오리도 조금씩 열리고 있다. 매주 달라지는 나무의 모습을 보니 자연이 이렇게 신비로운 것이었구나 싶고, 모든 게 다 난생처음 보는 듯 새롭다. 포기한 학부 전공인 조경을 다시 공부하고 싶은 생각도 든다. '이렇게 좋은 공부인데 그때 좀 제대로 가르쳐주지' 하고 괜히 교수님들을 원망해본다.

며칠 전에 책에서 본 대로 가지치기를 하려고 창고에서 톱을 가지고 나와 가지를 잘랐다. 잘라낸 매화가지 중 몇 개를 골라 병에 꽂고 식탁에 올려놓았다. 이 식탁에서 식사를 하니 삶의 격조가 느껴진다. 도시에서는

상처 하나 없이 꿈꾸듯 죽어 있는 새를 모종삽으로 들어 올려
민들레 옆에 내려놓고 기념촬영을 한 후 나무 밑에 고이 묻어주었다.

누릴 수 없는 사치다.

오후에 마을 뒷산을 한 바퀴 산책하고 돌아와 밭으로 내려가니 퇴비간
(두엄간) 근처에 쥐 한 마리가 죽어 있다. 제일 무서워하는 게 동물인지라
재빨리 고개를 돌렸다. 그런데 얼핏 본 모습이 귀여운 듯도 싶고, 세상에는
더러운 것도 없고 깨끗한 것도 없다는 반야심경의 불구부정不垢不淨 구절이
갑자기 떠오른다.

못 볼 것이 뭐 있겠냐는 생각에 천천히 고개를 돌려 눈을 반쯤 감고 슬
며시 들여다보았다. 몸집이 작고 통통한 쥐는 앞발을 얼굴 쪽으로 올리고
입가에는 살짝 미소를 띤 채 눈을 감고 옆으로 누워 있다. 왜 죽었을까 궁

금했지만, 표정이 너무도 편안해 보이니 평화로운 죽음인 게 틀림없는 것 같다. 그러나 치울 엄두까지는 차마 못 내고 있었는데, 마침 원선이 엄마와 아빠가 들렀다. 원선 아빠에게 좀 치워달라고 부탁했더니 삽으로 들어 올려 퇴비간에 던지며 "곧 썩을 거예요" 한다. 아, 그렇구나, 곧 썩어서 흙으로 돌아가는구나.

일주일 뒤에는 현관 앞에 새 한 마리가 죽어 있다. 그 새 역시 상처 하나 없이 꿈꾸듯 누워 있다. '시골에서는 쥐도 새도 다 평화롭게 죽나?' 하는 생각이 든다. 이번에는 내가 모종삽으로 살짝 들어 올려 민들레 옆에 잠시 내려놓고 기념촬영을 한 후 나무 밑에 고이 묻어주었다. 무덤가에는 민들레꽃 한 송이도 꽂아주었다.

2주 후 그 새는 편지함에서 부활했다. 일요일 저녁 집에 놀러 온 강현이 친구들이 집 좋다고 이리저리 구경을 하더니 편지함 속에 새가 있다고 소리를 지른다. 밥 차리다 말고 뛰어나가 보니 갓 부화한 아기 새 다섯 마리가 노란 부리를 치켜들고 삐악대고 있다. 그 위로 어미 새 한 마리가 주위를 빙빙 돌고 있다. 먹이를 구하러 나갔다 돌아온 모양이다.

한 주 지나고 와 보니 아기 새들의 행방이 묘연했다. 흔적 하나 남지 않았다. 옆집에 물어보니 일주일 만에 날아가기는 아직 이르다고 한다. 그렇다면 들고양이나 쥐가 물어 갔나? 편지함 문을 열어두었는데, 이런 일을 예상하지 못한 것이 못내 안타깝다. 그러나 또 모른다. 무사히 숲으로 날아갔는지도 …….

산촌에 와서 겪은 동물의 죽음을 이렇게 적고 나니 별것도 아니다. 그러나 내 머릿속에서는 내내 신기한 일로 기억된다. 그 이유를 곰곰이 생각해보니 그토록 편안하고 신선한 동물의 죽음을 내 생애 처음 봐서 그런가 보다. 내가 본 동물의 죽음이란 쥐포처럼 납작해지거나 피투성이의 로드킬, 아니면 인간에게 먹히기 위해 무참히 죽임 당한 후의 모습이 대부분이었으니 말이다.

주고받는 삶

3월 마지막 주 금요일 저녁, 대전에 사는 동규를 만나 산청으로 출발했다. 싱어송라이터를 꿈꾸는 동규는 마을 친구 달사랑의 큰아들이다. 올해 금산 간디고등학교를 졸업하고 대전에서 밴드 활동을 시작했다. 간디학교 아이들은 졸업 전에 진로를 정하는데, 대학에 가고 안 가고는 본인이 결정한다. 동규는 사회 속에서 스승을 찾았다고 한다.

강현이가 고기가 먹고 싶다고 하여 읍내 마트에 들렀다. 사는 김에 동규네 것도 샀다. 시골 내려온 후 손이 약간 커졌다. 받는 게 많으니 베푸는 데도 인색하지 않게 된다.

집에 도착해 학교에서 돌아온 아이를 데리고 동규네로 저녁을 먹으러 갔다. 동규 엄마는 큰아들 온다고 곰국을 끓여놓았다. 사 들고 간 삼겹살도 더 굽고 맥주도 한잔하면서 이야기를 나누다 밤늦게 집으로 왔다.

토요일 아침, 마당에 나가니 복숭아꽃이 피기 시작했고 사과나무 새순이 올라왔다. 그 옆 배나무는 아직 감감무소식이다. 나무마다 피는 시기가

다 다르다니, 참으로 신기하다.

아침을 먹고 놀러 나가고 싶다는 아이와 함께 읍내에 나갔다. 오후 4시에 만나기로 하고 아이는 피시방으로, 나는 인근 지역 구경에 나섰다. 한창 무르익은 광양 매화축제에 가볼까 했으나 일단 가까운 곳부터 구경하자 싶어 철쭉으로 유명한 황매산으로 갔다. 그런데 철쭉은 5월에나 핀단다. 이런, 역시나 꽃들은 제각각이다.

실망하고 내려오다 보니 ○○○체험마을이라는 간판이 보여 차를 세웠다. 마을 구경을 하러 초입에 들어서니 할머니 한 분이 땅바닥에 주저앉아 밭을 매고 있다가 어디서 왔냐고 묻는다. 그러고는 작년에 산에서 캐다 심

—
마당 가에 활짝 핀 철쭉과 밭 한가운데의 올림텃밭

은 고사리가 통통하게 올라왔다고 하면서, 다리가 아파 먼 밭에는 못 가고 집 앞 작은 밭 하나만 가꾸고 있다고 한다. 그 모습을 보니, '맞아, 그 큰 밭 다 하려고 생고생하지 말고 이렇게 조금만 하면 되겠구나' 싶다.

아이와의 약속 시간까지는 시간이 좀 남아 가까운 한옥마을인 남사예 담촌에 들렀다. 3년 전 처음 왔을 때는 썰렁하더니만 그새 새로 지은 한옥도 있고 주차장도 정비되어 있다. 마을을 한 바퀴 둘러본 후 주변 비닐하우스 앞에 늘어선 딸기 노점으로 갔다. 한 바구니 사면서 혹시 싸게 파는 파지(팔기 위해 골라내고 남은 나머지)는 없냐고 물으니, 조금 있던 것 다 나눠 주고 없단다. 4월 말에서 5월 초가 되면 밭을 갈아엎으니 그때 와서 공짜로 따 가란다.

4시에 아이를 만나 외식을 하고 동네 목욕탕에 들러 목욕을 한 후 하드 하나씩 입에 물고 차에 올라탔다. 올라오는 길에 회사에서 주문 받은 생강차를 가지러 언덕 위 솔이네 집에 들렀다. 이사 떡 돌릴 때 얻어 마신 생강차 맛이 좋아서 회사 카페에 선보였더니 인기 만점이다. 솔맘*은 저녁밥 먹다 말고 새로 만들었다는 목련꽃 차를 타 주고, 매실과 감말랭이 무침까지 해준다. 이렇게 산촌에서는 매번 새로운 맛을 경험하게 된다.

집에 와서 딸기를 씻어 먹으니 너무 맛있다. 채소와 과일은 딴 직후가 가장 맛있고, 시간이 지날수록 맛이 변질된다고 한다. 그러니까 도시에서 먹는 채소와 과일은 모두 참맛을 잃어버린 지 오래인 것이다. 딸기를 먹으며 아이에게 "네 덕분에 이렇게 맛있는 것도 다 먹어보네" 하니 아이가 싱긋 웃는다. 이 맛있는 걸 우리만 먹기 아까워 옆집 들국화네도 한 접시 가져다주었다.

일요일 아침, 마당에 나가니 땅이 촉촉하고 부드럽다. 드디어 언 땅이 풀렸다. 밭에 내려가 잡초가 집중적으로 올라온 곳에서 잡초를 뽑으니 어느덧 적절한 크기의 밭이 만들어진다. '아, 여기에 올림텃밭을 만들면 되겠구나.' 《한겨레21》 강명구 교수의 칼럼에 나왔던 올림텃밭, 페이스북 친구가 만들었다는 올림텃밭, 그리고 황매산 할머니가 가꾸던 작은 텃밭이 머릿속에 겹쳐지면서 나도 한번 따라해보자 싶어 뒤란에서 나뭇가지를 가져다 테두리를 만들고 유채 씨를 뿌렸다.

저녁나절이 되니 아침에 읍내에 놀러 나갔던 아이가 친구들을 우르르 데리고 돌아온다. 1학년 중에서 숲속마을에 사는 아이는 강현이가 유일하

강현이 친구들이 우르르 몰려왔다. 나는 정신없이 차려 내고, 아이들은 순식간에 먹어치운다.

니 아이들은 모두 우리 집에 오고 싶어 한다. 지방 각지에 살아도 대부분 아파트에 사는 아이들이라 시골집이 마냥 신기한가보다. 나는 얼른 저녁을 준비했다. 아이들은 친구들과 먹으면 혼자 먹을 때보다 배로 먹는다. 나는 정신없이 이것저것 차려 내고, 아이들은 순식간에 먹어치운다. 그렇게 한바탕 정신을 쏙 빼고 기숙사로 홀홀 내려갔다.

　나눌 수 있을 때가 좋은 때라고 한다. 부족하지 않다는 것이니까. 시골에서의 삶은 나눌 것이 있고 나눌 이웃이 있어서 그만큼 풍요로운 것 같다.

딸기잼 이야기

　마을에서는 3월 초부터 5월 말까지 딸기잼을 만들었다. 딸기는 6킬로미터 떨어진 농장에서 가져온다. 딸기잼 만들기는 결코 쉽지 않다. 나는 3월 중순에 딱 한 번 옆집 들국화가 하는 일을 거들어보았다. 일단 꼭지를 일일이 따야 한다. 꼭지 따는 것도 엄청 시간이 걸린다. 한 박스에 한 시간은 걸린다. 그다음 딸기를 씻어 물기를 뺀 후 물을 약간 넣고 끓이다가 딸기가 반으로 줄면 설탕과 딸기를 1대 1 비율로 넣으면서 계속 젓는다. 눌어붙으면 탄내가 나서 상품이 안 된다고 한다. 계속 젓는 일은 고통스럽다. 한 솥 만드는 데 다섯 시간 이상 저어야 한다.

　언덕 위 민서네는 부품을 사다가 기계를 만들었다고 한다. 마을 체험관 관리를 맡은 들국화도 체험관에 기계를 들여놓고 싶어 하는데 기곗값이 100만 원 정도란다. 한 솥 끓이면 만 원짜리 잼이 20병 나오는데, 한 병당 재료 값을 절반 정도로 잡으면 200병을 팔아야 100만 원이 남는다. 돈벌기 쉽지 않다는 것을 새삼 느낀다.

딸기잼을 비롯해서 마을 주민들이 만드는 상품은 모두 지역에서 나는 농산물을 재료로 쓴다. 우리 마을 귀농자의 주요 비즈니스는 지역 농산물을 1차 가공해서 도시 소비자에게 파는 일이다. 다들 도시에서 살다 와서 각자의 판매망을 가지고 있다.

잼 만드는 방법은 각자 다르다. 누구는 진하게 오래 달이고, 누구는 잘 발라지도록 만든다. 설탕 비율도 1대 1, 7대 3 등 다양하다. 그리고 브랜드

—
딸기 꼭지 따는 것도 엄청 시간이 걸리는 일이다. 한 박스에 한 시간은 걸린다.

와 상표, 포장도 각자 만들어 판매한다. 함께 모여 살면서 협력할 것은 같이 하고 각자 할 것은 따로 하는 방식, 그것이 그동안의 공동체살이에서 터득한 지혜인 것 같다.

잼을 만든 다음 날, 나는 들국화에게 원지터미널에 나가서 팔아보자고 제안을 했다. 들국화가 그러자고 흔쾌히 대답한다. 마을에서 제일 가까운 면 소재지인 원지는 지리산 중산리까지 버스로 30분이고, 서울 남부터미널에서 원지까지는 세 시간 조금 넘는 거리라서 원지터미널에는 서울에서 오는 지리산 등반객이 많다.

하산객이 많을 것 같은 일요일 4시쯤 우리는 포장한 딸기잼 20개를 가지고 당당히 출발했다. 그런데 터미널에 도착할 즈음부터 슬슬 힘이 빠지더니 터미널에 도착해서는 완전히 얼어버렸다. 다시 용기를 내어 들국화가 매표소 아저씨에게 잼 한 병을 선물하고 시식회 명분으로 판매 허락을 받았다. 식품 제조 허가를 받지 않은 상품을 판매하면 '식파라치'한테 걸릴 위험이 있기 때문에 시식회 명분으로 해야 한단다. 세상은 참 단순하지가 않다. 내가 만든 걸 이웃과 나눠 먹을 수는 있지만 팔면 안 된다는 법도 있다.

터미널 구석에서 나는 잼을 바르고 들국화는 지나가는 사람들에게 시식용 빵을 나누어 주었다. 생각처럼 등반

다섯 시간 이상을 저어서 완성한 들국화표 딸기잼

객이 많지 않다. 매표소에 물어보니 지리산 하산객들은 토요일 오후나 일요일 점심때가 피크라고 한다. 그러니까 우리가 간 시간은 하산객들이 거의 다 서울로 떠난 후였던 것이다.

우리는 한 시간 동안 등산객 한 명과 주민 한 명에게 잼 두 병을 팔았다. 그 돈으로 개시 기념 짜장면을 사 먹었다. 차비와 재료비를 더하면 완전 적자지만 뿌듯한 마음으로 시작을 축하했다. 생업으로 한다면 힘들었겠지만 놀이 삼아 한다고 생각하니 재미있었다. 혼자가 아니고 둘이 하니 부끄러울 일도 없었다. 한 달 동안 매주 나와 보자고 뜻을 모았지만, 부끄럽게도 한 번으로 끝나고 말았다.

딸기잼에는 필리핀산 마스코바도 유기농 설탕을 쓴다. 마을에서 만드는 효소에도 설탕이 많이 들어간다. 유기농 설탕 생산지로 유명한 필리핀 네그로스 섬에는 간디국제고등학교가 있다. 이 네그로스 섬에서 간디학교와 지역 주민이 협력해 유기농 설탕을 생산하고 우리 마을이 그걸 구매한다면 어떨까. 필리핀 유기농 설탕의 생산과 무역, 그리고 우리 마을의 딸기잼과 효소 판매 수익금이 아시아 저개발국 아이들의 장학금이 되고, 그 장학금으로 간디학교에서 우리 아이들이 세계인들을 만난다면? 그야말로 지역과 세계가 만나는 것이다. 들국화와 나눈 이런 이야기는 상상만으로도 근사하다. 언젠가 실현되는 날이 오리라.

봄날의 유혹

4월 첫째 주 토요일, 비가 오는 새벽에 대전을 출발했다. 아침나절 마을 입구에 접어드니 봄비 내리는 들판의 경치가 환상적이다. 겨울의 마른 풀과 봄의 새싹이 어우러져 밝은 노란색 물결이 일렁인다. 자연의 색채에 감탄이 절로 나온다. 예술가라면 반드시 시골에서 살아봐야겠다는 생각이 든다.

토요일 오후, 학교에서 부모 교육을 받고 저녁에는 마을회관을 빌려 부모들과 뒤풀이 모임을 가졌다. 소리 없이 내리던 봄비는 저녁이 되니 거센 비바람으로 바뀌면서 밖에서 연신 무엇인가를 와장창 넘어뜨린다. 밤 늦도록 이어질 뒤풀이를 뒤로하고 11시쯤 집에 가려고 길을 나섰다.

마을회관에서 집까지는 200여 미터. 가로등도 없는 마을의 그믐 밤. 칠흑 같은 어둠이 어떤 건지 알겠다. 걸음걸음이 허공을 딛는 기분이다. 비바람마저 거세서 몸이 날아갈 것 같다. 한참을 걸으니 멀리서 불빛 하나가 보인다. 그렇게 반가울 수가 없다.

일요일 아침, 세상은 언제 그랬냐는 듯 고요하고 하늘은 그지없이 청명하다. 밭에 나가니 옆집 어르신이 다가와서 밭 만드는 방법을 가르쳐준다. 가장 골치 아픈 쇠뜨기를 제거하려면 한 삽씩 흙을 떠 올린 후 일일이 손으로 뿌리를 골라내야 한단다. 시범을 한 번 보이고는 상추 씨와 배추 씨를 주고 간다.

졸지에 생각지도 않은 삽질을 하게 되었다. '이걸 언제 다 하나' 싶었는데 집중해서 하다보니 조그만 밭 하나가 만들어졌다. 쇠뜨기 뿌리를 거의

다 제거한 후 표면을 평평하게 고르고 줄을 그은 후 씨를 심었다. 그런데 어르신이 다시 오더니 밭에는 이랑과 고랑을 만들어야 물이 빠진다고 밭을 다시 만들라고 한다. 다른 밭을 좀 보고 하지 그랬냐고 하면서 ……. 이런, 뭐든 대충 하는 내 속성이 들통 나버렸다.

좀 쉬었다가 하려고 고개를 들어 저쪽을 보니 들국화가 뭔가를 따고 있다. 다가가 보니 고사리다. 3년 전, 아직 집이 들어서지 않은 빈터에 수북했던 덤불을 포클레인으로 걷어내고 고사리를 심었는데 요즘 매일 아침마다 쑥쑥 올라온다고 한다. 머리 쪽이 돌돌 말린 모습도 귀엽고, 꺾을 때 느껴지는 손맛 때문에 고사리 채취는 중독성이 아주 강하다고 한다. 나도 옆에서 거들어, 오늘 올라온 것들을 다 땄다.

테라스에 앉아 차를 마시고 있으니 아랫마을 할머니 두 분이 고사리 주머니를 차고 위쪽에서 내려오는 게 보인다. 들국화가 얼른 불러 세우고 커피를 대접한다. 옆집 안나사랑*도 할머니들을 보고 밖으로 나온다. 안나사랑은 인터넷을 통해 유기농 제품을 판매한다. 할머니들이 "올해도 고사리 팔아줄 거야?" 하고 물으니, 안나사랑이 "언제 안 팔아준 적 있었나, 걱정 마세요" 한다. '아, 이렇게 아랫마을하고 상부상조할 수 있구나!'

점심에는 피오나*, 민서맘*과 같이 모여 점심을 먹었다. 피오나는 7, 8기 두 아들을 둔 선배 학부모인데 서울 강남에 살다 작년에 집을 지어 이사를 왔다. 민서맘은 마을 초창기 주민으로 간디학교 수학 강사이기도 하다. 들국화는 국수를 준비하고 나는 집 옆 도랑에 올라온 미나리로 부침개를 준비했다. 피오나는 막걸리 한 병, 민서맘은 유정란 두 판을 가져왔다.

점심을 먹은 후 고사리 따러 뒷산에 간다는 두 사람을 따라나섰다. 민서맘은 아침마다 고사리가 눈앞에 아른거려서 집에 가만히 있을 수가 없다고 한다. 아랫마을 할머니들이 이미 아침에 따고 내려갔다고 해도 자기 눈에 보이는 건 따로 있다고 한다. 산에 오르니 내 눈에는 안 보이는 고사리를 귀신같이 찾아낸다.

　　한번 해보니 아랫마을 할머니들과 젊은 엄마들이 길도 없는 산속을 헤매는 이유를 알 것 같다. 고사리는 바로 봄이 준 보물이다. 보물찾기니까 누가 시키지 않아도 저절로 하게 되는 것이다.

　　고사리가 어디서 어떻게 나는지도 모르고 먹기만 하다가 올해 처음으

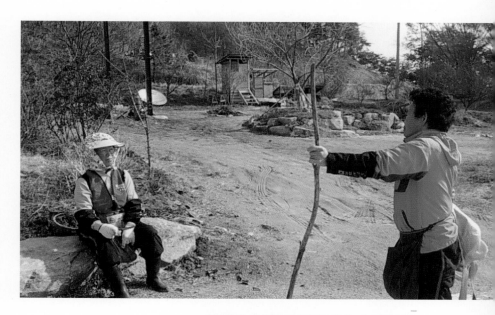

아랫마을 할머니 두 분이 고사리 주머니를 차고 산에서 내려왔다.

로 고사리의 본래 모습을 보았다. 여기저기서 딴 고사리를 모으니 한 줌은 된다. 고사리를 저장하려면 삶아서 말려야 한다니 나도 한번 해보았다. 꽤 오래 삶은 뒤 말리니 그제야 밥상에 오르던 갈색의 고사리 모양이 나온다.

도시에서는 세상의 극히 일부분만을 보며 산다. 도시화가 진행될수록 사물을 총체적으로 볼 수 있는 기회가 점점 더 없어지는 것 같다. 그것도 모른 채 내가 본 세상이 전부인 양 편협하게 살고 있었다.

고사리 따러 다니는 할머니 모습을 페이스북에 올리니 도시장터 마르쉐를 운영하는 이보은 전 여성환경연대 사무처장님이 댓글을 달았다. 마르쉐에 할머니 고사리를 소개해달라고 한다. 그 덕분에 최신 도시장터를

—
머리 쪽이 돌돌 말린 모습이 귀여운 고사리

알게 되었다. 마르쉐의 특징은 물건의 생산자와 판매자가 일치해야 하고, 그 물건의 생산 과정을 자세히 설명할 수 있어야 한다고 했다. 아쉽게도 우리 마을 물건을 아직 마르쉐에 소개하지 못했다. 언젠가는 한번 출전해보고 싶다.

오래된 미래

4월 둘째 주, 평일 하루를 마을에서 지내고 싶어서 휴가를 냈다. 오후가 되니 마을 아래쪽에서 아이들 소리가 들린다. 뭘 하나 보려고 슬슬 내려가 보니 운동장에서 아이들과 선생님이 축구를 하고 있다. 봄바람 부는 저녁나절에 수업을 마치고 뛰어노는 아이들 모습이 보기 좋다.

강현이가 레알마드리드 유니폼을 입고 뛰고 있다. 축구를 좋아하면서부터 스페인에 가고 싶어 한다. 한참을 구경하다 집으로 올라오는데 학교 근처에 사는 피오나가 "언니~!" 하고 부른다. 마을에서는 보통 별칭을 부르는데 친해지면 형님, 언니가 된다. 그 호칭이 처음에는 어색했는데 이젠 적응이 되었다. 한번도 안 쓰던 '자기'라는 호칭도 요즘은 상대방을 가리킬 때 자연스럽게 쓴다. 예전엔 나만의 방식을 고집했지만 요즘은 그냥 남들 하는 대로 따라 한다. 그러다 보니 세상에 못할 건 없다는 생각이 든다.

덩치가 커서 아파트에서 마을로 입양 온 개 '밍구'의 재롱을 구경하면서 얘기를 나누고 있는데 언덕 위에 사는 연우와 지영이, 지영 엄마가 산책하다가 다가온다. 피오나의 두 아들 상현이, 상민이 형제도 밥 먹으러 집으로 온다. 그 정경이 뭐랄까 ……, 오래전 마을을 떠올리게 한다. 골목길을 사이에 두고 이 집 저 집 가서 놀다가 엄마가 "밥 먹어라" 외치는 소리에 집으로 돌아가던 그 시절. 피오나는 밥 차리러 집 안으로 들어가고, 나는 지영 엄마와 함께 동네를 한 바퀴 돌았다.

별이 총총해지는 밤, 저녁밥을 먹은 여자 넷이 우리 집에 모였다. 소위 밤마실(밤마을). 각자 먹을 것 조금씩 들고 슬리퍼를 끌면서 왔다. 밤길 안전 걱정 같은 건 없다. '여자 혼자' 캄캄한 밤길에 '일말의 두려움' 없이 걷는다는 것, 도시에선 상상할 수 없는 일이지만 마을에서는 가능하다. 그 해방감을 남자들은 짐작이나 할 수 있을까. 그러나 마을 사람들에게도 무서운 게 아주 없는 건 아니다. 누군 멧돼지가 무섭다고 하고, 누군 귀신이 무섭다고 한다. 나는 짖어대는 개가 무섭다. 어린 시절 옆집 개한테 물린 경험 때문이다. 그러니 무서운 것은 정해진 게 아니라 각자 마음속에 있는 것이리라.

놀러 온 세 여자의 남편들은 부산, 대전, 서울에서 직장에 다니고 있다. 보통은 여자들이 시골에 오지 않으려 하는데 우리 마을은 좀 특이하다. 아이들 교육 때문에 대도시를 떠나지 못하고, 아이들 교육 때문에 외국 유학을 가듯이, 교육생태마을인 우리 마을 사람들 역시 아이들 교육 때문에 이곳으로 왔다. 남편들도 내려오고 싶어 하지만 아직은 도시에서 돈을 더 벌어야 한다. 국비 지원 없는 대안학교라 모든 비용을 부모가 부담해야 하기 때문이다.

우리는 미나리전과 맥주를 앞에 두고 마을 이야기, 학교 이야기, 아이들 이야기로 밤늦게까지 시간을 보냈다. 이야기 끝에 내가 "우리 집에다 주막을 차리면 어떨까?" 제안을 하니 다들 기발한 생각이라고 한다. 10여 년 전부터 친구들에게 말하길, 나중에 시골 내려가 살면 주막을 할 것이라고 했었다. 술을 좋아하니까 장난처럼 시작한 생각이었다. 그러나 좀 의미를 부여하자면 내가 꿈꾸는 주막이란 일종의 커뮤니티센터 같은 곳이다. 마을도서관이나 수다방, 아니면 마을상담소 역할도 가능하리라. 유명한 성미산마을의 마을카페가 좀 더 발전한 형태라고 할까.

우연히도 우리 집 주방에는 커다란 붙박이 식탁이 있다. 손님이 와서 대접하느라 싱크대와 식탁 가운데 서면 나는 완전히 카페 여주인이 된다. 그동안 우리 집에 놀러 왔던 사람들이 이 식탁에만 앉으면 신기하게 말이 많아졌다. 그러다 보니 오래전 꿈꾸던 주막도 자연스럽게 생각났다. 2월 초에 놀러 왔던 젊은 아가씨 두 명(대학 동창의 딸과 그 친구)도 우리 집 식탁에서 참 많은 이야기를 하고 갔다.

그날 모인 네 사람의 합의하에 매월 첫째 주 주말에 우리 집에서 주막을 열자고 했다. 매월 한 번 여니까 '매월주막'으로 하면 어떻겠냐고 하니, 피오나가 '매월'보다는 '월매'가 자연스럽지 않겠냐고 한다. 주말에는 가끔 마을학교 아이들도 초대하고 싶다. 아이들에게는 가끔 이모나 옆집 아줌마처럼 한 치 건너 두 치인 존재가 필요하다. 주말마다 옆집에서 홈스테이 하는 아이들에게 차 한잔 대접하면서 무슨 생각하고 사나 한번 들어보고 싶다.

땀 흘려 일하는 이유

6월 셋째 주. 토요일에 일이 있어 일요일 새벽에 출발했다. 토요일 밤에 출발해도 되지만 어두우면 초여름 싱그러운 경치를 볼 수 없다. 새벽에 가면서 계절의 변화를 느끼고 싶었다.

역시나 새벽 공기가 상쾌하다. 대전통영고속도로는 나만을 위한 도로인 양 한산하기 그지없다. 함양을 지나자 산청 장날이란 게 생각난다. 산청IC로 빠져나와 읍내에 들렀다. 7시도 안 되었는데 장터는 노인들로 북적인다. 마늘, 양파, 감자, 매실, 산딸기, 오디, 보리수, 다슬기 등 품목이 다양하다. 가을만 결실의 계절인 줄 알았는데, 이제 보니 초여름도 풍성한 계절이다.

몇 가지 물건을 사서 차에 싣고 마을 초입에 들어서니 너른 들판에서 양파 수확하는 모습이 보인다. 벌써 새참 때인지 엉덩이에 방석을 매단 일꾼들이 하나둘 일어선다. 걸어가는 모양이 엉거주춤한 게 다들 할머니들이다. 지금 새참을 먹으면 도대체 몇 시부터 일한 걸까? 잠깐 차를 세우고 구경하다 빈손으로 올라왔다. 양파를 살까 생각했는데 기존 마을에선 농약을 듬뿍 친다는 이야기가 갑자기 생각났던 것이다.

마을에 접어드니 도로변 잡초가 베여 있다. 마을 울력을 한 모양이다. 수확하랴 예초하랴 이제 너나없이 바쁜 계절이다. 차를 세우고 마당에 내려서니 주변 풍경이 지난 주와 영 딴판이다. 매실은 이미 노랗게 익어 딸 것이 없고, 오디도 거죽이 딱딱하다. 역시 자연은 타이밍이다. 지난 주만 해도 괜찮아서 다음 주에 따자고 생각했는데, 그새 맛이 가버렸다. 효소 담으려고 장에서 큰 통을 두 개나 사 왔는데 이젠 쓸모가 없어졌다.

안에 들어가 작업복으로 갈아입고 밭으로 내려가 지난 주에 미루어둔 배추를 뽑았다. 같은 봉투 안의 씨앗을 뿌렸는데 크기가 다 다르다. 한 엄마에게서 나온 자식들이 아롱이다롱이 다르듯 말이다. 그 작은 씨앗 안에 이미 차이가 숨겨져 있던 걸까, 아니면 미세한 환경 차이가 큰 차이를 만들어낸 걸까? 그 힘이 궁금하다.

배추를 뽑은 자리에는 상추 씨를 뿌렸다. 내 수준에는 볼 때마다 김을 매줄 수 있는 책상 크기만 한 밭 하나면 충분한 것 같다. 여름이 무르익으니 아래쪽 넓은 밭은 가까이하기엔 너무 거대하다. 초봄부터 정원을 만들려고 생각하다 어물어물하는 사이에 밭은 이미 잡초가 다 점령해버렸다.

하루 내내 밭에서 일하는 옆집 어르신

한 시간쯤 일하니 온몸이 땀으로 젖는다. 뽑아놓은 배추를 수돗가로 가져와 씻었다. 물일을 하는 김에 먼지 낀 차도 좀 닦으려고 호스로 물을 뿜으니 호스 중간의 구멍 난 곳에서 물이 솟구친다. 얼결에 물을 뒤집어썼는데 기분이 좋다. 여름날 물장난 같아 어린아이가 된 기분이다.

집에 들어가 젖은 옷을 갈아입고 맥주 한 잔과 밭에서 딴 방울토마토 몇 개를 들고 나왔다. 그리고 현관 포치에 있는 테이블을 회화나무 밑으로 가져왔다. 집이 마을 한가운데인지라 시골살이 초반에는 사방에서 나를 쳐다보는 것만 같았다. 그러나 몇 달 지나니 별로 신경 쓰이지 않는다. 나만 보고 있을 만큼 사람들이 한가하지 않고, 또 본들 어떠랴 하는 마음이 되었다.

하늘이 파랗고 바람도 선선하다. 테이블 위에 다리를 올려놓고 맥주를 마시니 가슴이 뻥 뚫린다. 더운 날 땀 흘려 일하는 이유를 대라면 나는 맥주 때문이라고 하겠다. 세상에서 가장 맛있는 맥주는 땀 흘린 뒤 마시는 맥주다. 들국화는 맥주 마시려고 일하느냐고 놀린다. 맞는 말이다.

즐겨 듣는 법륜 스님의 즉문즉설 강연에 재미있는 우화가 하나 나온다. 옛날에 어떤 우울한 왕이 있어 명의에게 치료를 받으니, 세상에서 가장 행복한 사람의 속옷을 가져다 입으면 행복해진다고 했단다. 왕의 명령으로 한 신하가 전국을 돌던 어느 여름날, 우연히 찾은 행복한 사람이 바로 대장장이였단다. 여름날 이글거리는 불 가에서 비지땀을 흘리며 일한 후 등에 물 한 번 끼얹고 물 한 사발 마시면 세상에 부러울 게 없는 사람이 바로 대장장이였다는 것이다. 땀 흘리고 일한 후 갈증이 최고조에 달했을 때 목이 찌르르한 맥주 한 잔 마시면 나는 그 대장장이의 마음이 된다.

이렇게 하루를 보내고 저녁나절에 노트북을 펼쳤다. 9시부터 꿈만필(이 글을 쓰게 만든 책 쓰기 코칭 프로그램인 '꿈꾸는 만년필') 백일장이다. 주제를 본 뒤 생각을 모으기 위해 커피를 끓이고 미뤄둔 청소를 하고 밖으로 나가 밤하늘도 올려다보고 골목도 거닐었다. 시원하고 맑은 밤이다. 별빛에 뭔가가 꿈틀거려 전등을 비추니 왕거미가 집을 짓고 있다. 문득 떠오르는 생각이 있어 안으로 들어갔다.

낮엔 땀 흘려 일하고 밤엔 글 쓰는 삶을 산 하루였다. 『조화로운 삶』이란 책으로 잘 알려진 니어링 부부는 하루 네 시간만 일하고 나머지 시간은 책을 읽고 글을 쓰며 보냈다고 한다. 헨리 소로도 1년에 한 달 일해서 번 돈으로 나머지 열한 달을 살았다고 한다. 이들의 공통점은 과로하지 않는 적당한 노동과 지적인 생활이다. 귀촌하는 사람들이 꿈꾸는 생활이다. 시골 와서 처음으로 이상적인 하루를 보냈다.

세상에서 가장 맛있는 맥주는 땀 흘린 뒤 마시는 맥주다.

도시에서만 살다가 이곳에 와서 놀란 것은
내가 모르는 세상이 우리나라 안에도 많다는 것이다.
도시만큼은 아니지만 시골도 끊임없이 변화하고 있다.
겉으로 구경만 했을 때와 실제 살아보는 것과는 참 다르다.
조만간 베이비붐 세대의 은퇴가 증가하면
시골은 더 빠르게 변화할 것 같다.

2장

주변을 바라보다

자신과의 데이트

산촌에 갈 때는 가끔 혼자만의 데이트를 즐긴다. 5월 첫째 주 토요일 아침, 웬일인지 내비게이션이 대전 원도심을 거쳐 금산 방면으로 길을 안내한다. 내친 김에 금산 간디마을에 다녀오자는 생각이 든다. 간디학교 교사인 미연 선생님에게 전화를 걸었다. 작년에 간디교사대학원 기초 과정을 같이 들었던 분이다. 마침 학교가 가정학습 주간이라 한가하다고 한다.

간디마을의 귀농귀촌센터에서 미연 선생님을 만났다. 마을에 대해 궁금한 것을 이것저것 묻고 들은 후 마을을 한 바퀴 돌았다. 산청 간디마을이 서울 강북의 수유리라면 금산 간디마을은 일산의 '비버리힐스' 같다. 우리 마을은 콘크리트 포장이 여기저기 깨져서 길이 울퉁불퉁한데 금산은 깔끔한 아스팔트 길이다. 우리 마을은 집집마다 경계도 불분명하고 마당도 그냥 밭인데, 금산은 집과 집 사이에 울타리가 있고 화단은 완전히 전원주택 분위기다. 우리 마을은 군의 지원을 전혀 받지 않고 개발했는데, 금산은 전원마을 사업으로 군의 지원을 받았다고 한다.

주민들도 다르다. 우리 마을은 경상도 사람들이 많은데 금산은 대부분이 수도권 출신이다. 금산은 더할 나위 없이 잘 가꾸어져 있지만 왠지 산청에 더 마음이 쏠린다. 이곳에선 내가 할 일이 없을 것 같다. 나는 잘 가꾸어진 화단보다 야생미 넘치는 들판이 더 좋다. 건축가 부부가 지었다는 유명한 금산 주택도 구경하고, 학교 근처 보석사에도 잠깐 들렀다가 산청으로 향했다.

산청 장날이라 읍내에 들렀다. 한 바퀴 휙 둘러보고 아이와 동급생인

세온네 종묘상에 들렀다. 시골 읍내에서 장사를 한다기에 조그맣게 하는 줄 알았는데 가게가 엄청 크다. 읍내에서 제일 큰 것 같다.

세온 아빠 차림새는 도시티가 팍팍 나는데 산청을 한 번도 떠나본 적이 없다고 한다. 세온 엄마 역시 늘 화사한 패셔니스타이다. 이날도 분홍색 립스틱을 진하게 바르고 시골 할머니들에게 모종을 팔고 있다. 세온 엄마 아빠는 시골 사람들에 대해 가지고 있던 내 편견을 확 날려버렸다.

가게 이름은 종묘상이지만 농기구를 포함한 온갖 농사용품이 다 있다. 한창 고추 모종 시기라 가게가 엄청 분주하다. 세온 엄마가 잠시 짬을 내서 고추랑 피망, 토마토 모종을 챙겨준다. 더 이상 농사지을 생각이 없다고 해

읍내 종묘상에는 농기구를 포함한 온갖 농사용품이 다 있다.

도 한번 심어보라며 싸준다. 아이고, 내 팔자야. 주변 사람들 덕분에 농사를 또 짓게 되었다.

5월 둘째 주에는 단성면 투어를 했다. 단성면은 문익점文益漸의 고향이다. 문익점은 1363년 원나라에 사신으로 갔다가 붓두껍에 목화씨 열 개를 숨겨 와서 단성에 사는 장인 정천익에게 목화 재배를 부탁했다. 봄에 심은 열 개의 씨앗 중 단 한 개에서 싹이 트고, 그 싹에서 백 개의 씨앗을 얻었다. 그리고 그 씨앗이 전국에 퍼져 백성들이 따뜻한 무명옷을 입게 되었다고 한다.

목면시배유지木棉始培遺址 전시관에서 나는 목화를 처음 보았다. '아, 목화는 나무가 아니라 한해살이풀이구나. 꽃망울 진 자리에 열매가 달리고, 그 열매 속에 솜이 들어차는 것이구나!' 열매가 터지면 그 안에서 솜이 나온다니 너무나 신기했다. 나도 그 솜을 구경해보고 싶어서 전시관에서 파는 모종을 하나 샀다.

목면시배유지에서 2킬로미터쯤 더 가면 성철 스님 생가가 있다. 원형 그대로 복원한 게 아니라 생가 터에 만든 전시관이다. 안을 둘러보다 스님이 쓴 '수행자에게 주는 글'을 보았다. "나에게 극악하게 하는 사람이 바로 진정한 선지식이요, 고통 주고 모욕 주는 은혜는 목숨 다해도 갚을 수 없으리라."

충격적인 글이다. '무슨 말이지?' 이리저리 생각해보았다. '흠, 내가 미워하고 싫어하는 사람들이 스승이라는 거네.' 하긴 그런 것 같다. 누군가를 미워하면 내가 고통스러우니까 어떻게든 편해지려면 마음공부를 해야 한다. 모든 괴로움과 얽매임은 다 내 마음이 일으키고, 안심입명安心立命(자신의

52

불성을 깨닫고 삶과 죽음을 초월함으로써 마음의 편안함을 얻는 것)은 밖에서는 절대 찾을 수 없다는 게 성현의 가르침이니까. 생각해보니, 그나마 마음공부의 문턱에라도 간 것은 다 내가 미워했던 사람들 덕분이다.

여행이란 새로운 눈으로 세상을 보는 경험이다. 여행 중에서도 홀로 하는 여행은 또 다른 묘미가 있다. 마을에 늦게 도착하니 들국화가 왜 이렇게 늦었느냐고 묻는다. 여기저기 구경하고 왔다고 하니 어떻게 혼자 구경을 다니냐고 한다. 그러나 여럿이 가면 충족할 수 없는 그 무엇이 혼자만의 데이트에는 분명히 있다.

저녁나절, 세온네서 얻어 온 토마토, 고추 모종과 목면시배유지에서

초봄의 산청 장날, 이른 아침부터 어르신들로 북적인다.

사 온 목화 모종을 심으려고 올림텃밭 하나를 더 만들었다. 이렇게 일하다 보니 시골에선 우울할 새가 없겠구나 싶다. 하루 내내 놀고 일하다 보면 초 저녁부터 잠이 쏟아진다.

우리 읍내

우리 마을과 주변 지역의 중심지는 신안 면사무소가 있는 '원지'다. 행 정구역 명칭은 신안면 하정리. '원지'라는 명칭은 지도 어디에서도 찾을 수 없다. 오래전부터 그냥 원지라고 부른 모양이다. 면 소재지이니 엄밀히 말 하면 읍내가 아니지만, 나는 그냥 읍내라고 부른다.

원지에는 우리나라 대부분의 면 소재지와 비슷하게 특색 없는 작은 가 게들이 밀집해 있다. 마트, 수퍼, 음식점, 세탁소, 분식집, 떡집, 기름집, 꽃 집, 시계방, 도뱃집, 농사용품점 등 이러저런 가게들이 진주로 향하는 국도 를 따라 죽 늘어서 있다. 정부의 간판정비사업의 혜택을 입었는지 대로변 가게들은 올 초부터 새로운 간판을 해 달았다.

이곳에 와서 음식점, 떡집, 농사용품점 등 서너 군데 가게를 이용했는 데, 주인들이 하나같이 친절하다는 생각이 들었다. 3년 전 분당에서 대전 으로 내려왔을 때도 가게 주인들의 태도가 친절해서 놀랐는데, 이곳은 대 전보다 더 친절하다. 남자 주인들은 가끔 수줍어하기도 한다. 인심이란 것 이 지방에는 아직 살아 있구나 싶다. 애로가 있다면 사투리를 잘 못 알아듣

대로변 가게들은 올 초부터 새로운 간판을 해 달았다.

는 것이다.

이 작은 중심지의 핵은 대형마트다. 지역마트인 원지마트와 농협의 하나로마트가 지역 상권을 장악하고 있다. 둘 중에는 원지마트가 더 중심이라 사람들끼리 만날 때는 늘 원지마트 앞에서 보자고 한다. 구멍가게도 두개 정도 있는데, 이 가게들이 어떻게 지탱하는지 모르겠다. 언젠가 하드 하나 사 먹으러 들러보니 하드가 녹았다 얼었다를 반복하면서 다 뭉개져 있어서 마음이 짠했던 적이 있다.

대로변 안쪽으로는 오밀조밀한 집들이 들어찬 주거지가 있다. 기존 주거지 옆으로는 소규모 택지개발지구가 있다. 아직은 비어 있는 땅이 많지만, 10층 이상의 고층 아파트가 세 동이나 들어서 있다. 이 아파트에 어떤 사람들이 살지 궁금했다. 언젠가 옆집 별아띠 천문대에 별 보러 온 원지 주민이 있기에 물어보니, 주로 진주 통근자들이 산다고 한다. 아파트는 분양 주택도 있고 임대 주택도 있는데 임대 주택에는 대기자가 아주 많다고 한다. 시골에도 수요 대비 주택이 부족하다는 것이다. 지난번 진안군에 출장 갔을 때도 읍내에 주택이 부족하다는 이야기를 들은 적이 있다. 예비 귀농인들, 독거노인들, 결혼 후 분가하는 자녀들, 순환직 독신 공무원 등 다양한 수요가 있는데 신규 주택 공급이 안 된다는 이야기다.

원지 인근에서 가장 큰 도시인 진주까지는 약 30킬로미터, 차로 30분 거리다. 거리상으로는 일산에서 여의도 정도지만, 차가 막히지 않기 때문에 시간 거리는 훨씬 짧다. 그러니 진주에 살 형편이 안 되는 사람들이 이곳에서 통근을 하는 것이다. 이곳 아이들도 고등학생 정도 되면 진주로 통학하는 아이들이 많다고 한다. 우리 마을 주민 중에도 진주로 통근하는 사람이 몇 명 있고, 영화를 보거나 쇼핑하러 가는 곳도 진주다. 몇몇 사람은 저녁마다 '마음수련' 하러 다니기도 한다. 큰 도시 근방의 면 소재지는 그 나름의 독특함이 있는 것 같다.

대전통영고속도로가 생긴 뒤로는 서울과의 교통도 편리해져서 남부터미널까지 가는 직행버스가 한 시간에 한 대씩 있다. 진주를 거쳐서 오는데, 지리산과 가깝다는 장점 때문에 원지에도 노선이 생겼다. 주말마다 원지터미널 근처에는 등산복을 입은 외지인들이 많다. 등산객은 보통 금요일 저녁에 도착해서 중산리에서 하룻밤 자고 새벽에 산에 오른다고 한다. 이용객이 적지 않아서 버스 예약을 하지 않으면 한참 기다리는 수고를 해야 할 때도 있다.

반면 마을에서 원지를 오가는 교통편은 오전 6시와 11시, 오후 6시의 하루 세 번뿐이다. 버스가 없으니 시골에선 승용차가 필수다. 시골살이에서 생활비 최다 항목은 난방비와 승용차 기름값이다. 마을과 읍내 사이 10킬로미터 구간에는 마을이 여러 개 있다. 주민은 거의 노인이다. 노인들은 차가 없으니 종종 히치하이킹을 한다. 어디 가느냐고 물으면 주로 병원이다. 나도 세 번 정도 태워드렸는데 좀 조심스럽다. 한번은 사고가 났는데 자식들이 엄청난 보상을 요구했다는 말을 들었기 때문이다.

언제부턴가 읍내에는 고급스럽고 널찍한 안경점이 들어섰다. 이렇게 차려놓고 과연 장사가 될까 싶었다. 안경 고칠 일이 생겨 들른 길에 물어보니 꽤 장사가 된다고 한다. 근방 골짜기마다 마을이 들어차 있어서 고객이 꽤 많단다. 사장은 진주에 사는 젊은 사람인데, 가게 자리 알아보려고 6개월 동안 인근 지역을 다 돌아다녔다고 한다.

그러고 보니 일요일 저녁 외식하러 식당에 가도 사람들이 늘 많다. 요즘 우리 마을에도 집 보러 오는 외지인이 부쩍 늘었다. 도시에서만 살다가 이곳에 와서 놀란 것은 내가 모르는 세상이 우리나라 안에도 많다는 것이다. 도시만큼은 아니지만 시골도 끊임없이 변화하고 있다. 겉으로 구경만 했을 때와 실제 살아보는 것과는 참 다르다. 조만간 베이비붐 세대의 은퇴가 증가하면 시골은 더 빠르게 변화할 것 같다.

친구네 집

시골생활의 색다른 즐거움은 근방에 사는 친구네 집에 놀러 가는 것이다. 강현이와 친한 원선이는 고성에 산다. 우리 집에서 60킬로미터, 차로 40분 거리다. 도시에서 친구네 집에 놀러 가는 것과 시골 친구네 집에 놀러 가는 것은 매우 다르다. 안팎으로 공간의 여유가 있고 같이 나눌 일거리가 있으니 자유롭고 보람도 있다. 그런 친구가 생겨서 참 즐겁다.

원선이 엄마와 아빠는 3년 전 서울 목동에서 하던 학원을 정리하고 시골로 내려왔다. 학원 다니는 아이들만 스트레스를 받는 줄 알았는데, 학원 선생 스트레스도 장난이 아니란다. 더 이상 이렇게는 못 살겠다 싶을 때 귀촌을 결심하게 된 것이다. 대안학교 부모들 중에는 학원 강사와 학교 교사가 꽤 있다. 우리나라 교육 현장을 누구보다 여실히 들여다보는 사람들이라 그런가보다.

내려와서 처음 2년은 농사만 지었는데, 지금은 다시 진주에 학원을 내서 월·수·금 3일은 아이들을 가르치고 나머지 요일에는 농사를 짓는다. 그 정도만 해도 정말 조화로운 삶이다.

놀라운 것은 처음 보는 그 집의 구조다. 흙집을 두 채 지었는데 하나는 전문가가 지은 원룸형 안채이고, 다른 하나는 동네 목수가 지은 재래식 사랑채다. 두 채를 부부가 각자 스타일대로 관리하며 산다.

원룸형인 안채는 잠자는 곳을 평상처럼 높이고 거실 바닥에 설치한 아궁이에 불을 때서 난방을 한다. 소위 구들침대라고 한다. 사랑채는 거실에선 신발을 신고 방에는 계단참에 신발을 벗어놓고 들어가는 구조다. 거실

바닥에서 군불을 때면 옆에 딸린 욕실 가마솥과 방이 데워진다. 벽난로와 구들방을 결합한 구조다. 집 구조가 독특해서 흙집 지으려는 사람들이 구경을 많이 온다고 한다.

　땔감은 자기네 소유인 뒷산에서 해 오기 때문에 난방비가 안 든단다. 처음 놀러 간 5월 초, 사랑채 가마솥에 끓여놓은 뜨끈한 쑥물로 목욕을 하고 군불 땐 황토방에서 자고 나니 몸이 개운했다.

　화장실은 집 안에 수세식이 있지만 그건 주로 손님용이고, 식구들은 밖에 있는 생태화장실을 쓴다. 유기농업을 하려면 퇴비가 필수기 때문이리라. 원선 아빠는 도시에서 태어나 도시에서 자란 농사 초보인데, 시골 내

아궁이에 불을 때서 난방을 하는 원선이네 사랑채

려와서 드디어 숨겨진 재능을 발견했다고 한다. 지지대로 깔끔하게 정리해놓은 고추와 토마토에서 열매가 달리는 모습은 그 자체가 예술이다.

6월에는 토종 완두콩 수확을 도우러 갔다. 저녁때 완두콩을 꼬투리째 삶아 먹었는데, 윤기가 자르르 흐르는 게 기막힌 맛이었다. 너무 달아서 뭘 넣었느냐고 물어보니 그냥 찌기만 한 것이라고 한다. 갓 수확한 자연의 맛이란 게 이렇게 훌륭한 것인 줄 새삼 알았다.

여름방학 때는 강현이가 원선이네 집에 2주 정도 머물렀다. 방학하던 날 아이들은 요샛말로 멘붕이 되었다. "한 학기가 그렇게 빨리 지나가다니 너무 아쉽다. 두 달 동안 뭐 하고 지내냐"고 걱정이 태산이었다. 집에서 일주일 정도 방바닥에 껌처럼 붙어 있던 아이들은 하나둘 친구를 찾아 길을 나섰다. 어떤 아이는 두 달 내내 친구네 집을 찾아 전국 투어를 했다고 한다. 사천강과 사천해수욕장에서 놀다 온 아이는 완전히 구릿빛으로 변해 있었다. 유기농 먹거리도 푸짐하게 먹고 왔다.

원선 엄마는 도시에 살 때 인스턴트 식품으로 망가진 몸을 관리하기 위해 먹는 것에 엄청 신경을 쓴다. 고기를 즐기던 원선 아빠가 2년 전 심근경색으로 쓰러졌다 회복된 이후라 더더욱 그렇다. 이들 부부가 귀촌한 후 버는 돈은 이전의 절반도 안 되지만, 좋은 먹거리를 기르고 만들어 먹는 기쁨이 그것을 상쇄하고도 남는다고 한다. 몇 년 전만 해도 아무것도 할 줄 몰랐다는데 어느새 장독대에는 각종 효소와 된장, 고추장 항아리가 가득하다.

도시에서만 살았던 사람들도 조금만 공부하고 정성을 기울이면 이렇게 즐기면서 살아지는가보다. 사람들은 시골 출신이 귀촌을 한다고 생각

각종 효소와 고추장, 된장 항아리가 가득한 장독대

하지만 주변에 귀촌한 사람들을 보면 도시 출신이 더 많다. 귀촌의 로망을
품은 사람들도 도시 출신이 많아 보인다. 산업화 시대에 농촌에서 자랐던
사람들은 가난과 힘겨운 노동에 대한 트라우마 때문에 시골을 꺼린다. 시
골에서 없는 집안 장녀로 태어나 어린 시절 고생한 친정어머니도 시골과
농사일이라면 지긋지긋하다고 한다. 어떻게 온 도시인데 또다시 시골로
가냐고 생각하기도 한다. 시골의 미래는 아무래도 도시 출신이 지키게 될
것 같다.

꿈꾸는 이웃

5월 중순 금요일 밤, 도착하자마자 들국화가 별을 보러 오라고 부른다. 창원에서 어린이집을 운영하는 거울* 님이 지도교수님을 모시고 별을 보러 왔단다. 거울 님은 언덕 위 작은 집합주택에 사는데, 한 달에 한두 번 마을에 온다. 일종의 개인 힐링 공간이란다. 지도교수님이라 해도 나와 비슷한 연배라 금세 대화 친구가 되었다. 별 손님은 주로 아이들과 함께 온 가족들이나 학생 캠프가 많아 아이들로 북적북적한데, 오랜만에 어른 손님들만 있으니 조용하고 아늑한 게 색다른 분위기다.

들국화의 남편 별아띠가 만든 천문대는 일명 '뚜껑 열리는 집'이다. 여러 차례 티브이에도 나온 적이 있는 산청의 명소다. 버튼을 누르면 천문대 지붕이 옆의 프레임을 타고 삐거덕거리는 소리를 내며 열린다. 별아띠는 기계과 출신이라 각종 기계를 손수 제작하기도 하고, 목공 기술이 좋아서 무엇이든 뚝딱뚝딱 잘 만든다. 지금 살고 있는 통나무집도 손수 지었다고 한다. 서울서 직장 다니다가 어느 날 별에 심취해 별을 보며 살려고 이곳으로 내려온 것이다.

거의 매주 천문대에는 사람들이 1박 2일로 별을 보러 온다. 손님이 오는 날은 나도 부담 없이 손님 틈에 끼어서 별을 본다. 9시부터 한 시간쯤 별자리 설명을 듣고 바닥에 누워 눈을 감는다. 바닥은 전기 패널을 깔아서 따끈따끈하다. 지붕이 열리고 살며시 눈을 뜨면 밤하늘에는 수많은 별들이 반짝이고 있다.

올 초 처음 별을 보던 날이 생각난다. 서서히 열리는 지붕 사이로 쏟아

지붕이 열리고 살며시 눈을 뜨면 밤하늘에는 수많은 별들이 반짝이고 있다.

져 들어오는 별을 보는 순간, 새로운 세상이 열리는 것 같았다. 코끝은 시린데 바닥은 따끈하고, 하늘은 보석으로 수를 놓은 듯 아름다웠다. 알 수 없는 행복감이 밀려왔다. 별아띠는 대형 망원경으로 토성, 목성, 은하수, 성단을 차례차례 보여주었다. 밤 11시쯤 되니 들국화가 간식으로 찐빵을 내왔다. 천문대에 처음 오기도 했지만 이들의 천문대 운영 방식은 그 자체가 대단한 아이디어 상품이라는 생각이 든다.

마을에는 가로등이 없다. '가로등 없는 마을'이라는 원칙을 끝까지 지켜낸 것이 이들 부부라고 한다. 똑같이 가로등이 없는데도 우리 집 마당과 천문대에서 보는 밤하늘은 완전히 다르다. 우리 집은 마을 한복판이어서 주변에서 새어 나오는 불빛이 많다. 반면 천문대는 마을 가장자리 쪽 2층에 자리 잡고 있어서 주변 불빛이 완전히 차단되어 별이 잘 보인다. 그래도 별을 더 잘 보려면 눈이 어둠에 익숙해질 시간이 필요하니 별을 보기 전에 불을 다 끄고 잠시 동안 눈을 감아야 한다.

언젠가 남들이 다 자는 한밤중에 별을 보러 나온 적이 있다. 처음에는 잘 보이지 않았다. 잠시 후 현관 등이 저절로 꺼지자 마치 찰칵하고 스위치가 켜진 듯 밤하늘이 반짝였다. 그때의 신비로운 느낌이 생생하다.

봄날이지만 산촌의 밤은 서늘하다. 여자 넷이 이불을 덮고 누워 밤하늘을 올려다보면서 이런저런 이야기를 나누었다. 바닥이 따끈하니 스르르 잠이 온다. 그렇게 별을 보다 졸다 하며 자정이 넘어 집으로 돌아왔다.

다음 날 아침 들국화한테서 아침을 먹으러 오라는 문자가 왔다. 가보니 천문대에 곰취와 작약 주먹밥을 잘 차려놓았다. 귀한 손님이 오셔서 솜씨 자랑을 해봤다고 한다. 곰취는 잎을 살짝 데치고 작약은 꽃잎을 그냥 얹어서 주먹밥을 만들었다. 곰취는 그렇다 쳐도 꽃잎을 먹을 수 있다니 참으로 놀랍다. 토요일 아침, 따뜻한 햇살 아래 최고의 힐링 푸드로 아침식사를 했다. 많이 먹었는데도 몸이 가볍다.

천문대의 토요일은 보통 손님맞이 준비로 바쁜 날인데 이상하게 한가하다. 이유를 물으니 예약한 손님들이 오던 중에 차가 막혀 다 돌아갔다고 한다. 부처님 오신 날이 낀 연휴라 도로에 차가 엄청 많은 모양이다. 손님이 오면 수입이 생겨서 좋고 손님이 안 오면 덕분에 쉴 수 있으니 그 또한 좋은 날이라고 한다. 부처님 오신 날, 부처님 가피加被를 입었다고 하면서 들국화와 별아띠 부부도 오랜만에 한가하게 오전을 즐긴다.

망원경으로 해를 보고, 앉아서 차를 마시다가 누워서 뒹굴뒹굴하니 신선 놀음이 따로 없다. 여자들만의 이런 힐링 타임도 참 좋겠다고 이야기하자 아이디어들이 쏟아져 나왔다. 한 달에 한 번은 천문대를 여자들만의 공간으로 만들어서 찜질과 풍욕을 하면서 별 보기를 하자, 산 밑에 황토 찜질방을 짓고 산물을 끌어들여 선녀탕을 만들자 등 꿈같은 이야기를 주고받았다.

　　꿈꾸던 삶을 실행에 옮긴 들국화와 별아띠. 힘들다고 투덜대면서도 들국화는 매주 밭에서 나는 재료를 가지고 새로운 음식을 만든다. 별아띠도 늘 뭔가를 궁리하고 만들어낸다. 궁리하고 시도하기를 멈추지 않는 부지

곰취는 잎을 살짝 데치고 작약은 꽃잎을 그냥 얹어서 주먹밥을 만들었다.

런한 이웃을 만난 것은 참으로 큰 행운이다.

산천경개 좋은 곳

산촌에 갈 때는 금요일 저녁이나 토요일 새벽에 출발하고, 도시로 돌아올 때는 월요일 새벽에 출발한다. 올 때 갈 때 모두 새벽 시간을 좋아한다. 깜깜해서 아무것도 보이지 않는 시간에 경치 좋은 길을 달리는 건 너무나 아까운 일이다.

월요일 새벽, 동이 틀 즈음 눈을 떠 커튼을 올리면 맞은편 동치미* 님 집에도 불이 켜져 있다. 그 집도 출근 준비를 하나보다. 우리 마을 사람들 중 서너 명은 나처럼 주중에는 타지로 나가고, 또 서너 명은 진주나 산청읍으로 출근한다. 밖이 밝아오면 커피 한 잔을 들고 마당에 나간다. 아래쪽 밭에도 내려가 한 바퀴 둘러본다. 밭은 이슬이 덮여 촉촉하다. 고추, 토마토 모종은 물 한 번 주지 않는데도 알아서 잘 자란다. 이슬을 먹고 자라는 게 틀림없다.

이 시간이면 옆집 어르신도 어김없이 일어나서 밭 가운데 있는 화장실에 들른다. 이상하게도 회사나 아파트에서 화장실 가는 사람을 보면 아무렇지 않으면서 이곳에서는 약간 민망하다. 낯설기 때문일 것이다. 점점 익숙해지기는 한다.

6시쯤, 주말 동안 방출한 쓰레기를 차에 싣고 시동을 건다. 마을에선

잠든 마을이 깨지 않도록 천천히 차를 몰면서 마을 풍경을 음미한다.

주중에 한 번, 주말에 한 번 정해진 시간에 분리수거를 하는데, 마을 주민들이 돌아가며 당번을 정해서 뒷정리를 한다. 아직 당번 명단에 들어가지 않은 나는 마을에 버리지 않고 차에 싣고 와서 대전에서 처리한다.

　마을은 아직 고요 속에 있다. 잠든 마을이 깨지 않도록 천천히 차를 몰면서 마을 풍경을 음미한다. 아이가 자고 있는 기숙사 쪽에도 잠깐 눈길을 준다. 촉촉한 새벽 풍경은 보는 사람 마음까지 촉촉하게 한다. 좋아하는 음악을 들으며 초록의 풍경을 스쳐 지나면 이곳에 내가 있다는 사실 자체에 감사한 마음이 된다.

　마을을 다 내려오면 초입에는 저수지가 있고 그 아래에는 '산골농장'

이라는 양계장이 있다. 아이러니하게 생태마을 바로 아래에 공장식 양계장이 있다. 마을이 들어서기 오래전부터 있던 공장이다. 계분 냄새가 나긴 하지만 냄새 없는 시골 마을은 없다지. 농장에선 안팎에 장미를 심어 5월 장미축제도 열고 주변을 아름답게 가꾸려고 노력한다.

산골농장에서 좀 더 내려오면 민들레학교와 민들레공동체가 있다. 민들레학교는 간디학교처럼 대안학교라 여러모로 서로 협력하며 지낸다. 민들레공동체에는 대안에너지센터가 있어 전국적으로 유명한 곳이다. 우리 마을과 달리 기존 마을인 갈전마을에 자리 잡고 있다.

갈전마을을 지나 평지로 내려오면 중촌마을이 있다. 여기부터는 너른 들판이 펼쳐진다. 읍내로 가는 할머니들이 종종 히치하이킹을 하기도 하고, 또 주변 농장으로 새벽일 가는 할머니들이 대기하고 있기도 하다. 시골 일꾼은 역시 할머니들이다.

국도로 접어들기 직전에는 활터가 있다. 처음 이곳에 오면서부터 배우고 싶어서 들른 곳인데, 마을살이에 바빠 아직 가까이하지 못하고 있는 곳이다. 이곳을 지날 때마다 시골에는 참 자원이 많다는 생각을 한다.

마을에서 고속도로 진입로인 단성IC까지는 11킬로미터. 대전으로 향하는 대전통영고속도로는 지리산과 덕유산을 관통하는 명승가도다. 그중 제일은 지리산을 가슴에 품으며 달리는 단성~산청 구간이다. 멋진 풍경을 보며 달릴 수 있다는 것, 그것만으로도 장거리 운전은 충분히 보상을 받는다. 남쪽으로 귀촌한 사람들이 공통으로 느끼는 즐거움은 어디서든 훼손되지 않는 자연, 웅장한 산의 모습을 보면서 눈 사치를 할 수 있다는 것이다. 대전 이남 지역은 서울~대전 구간과 전혀 다른 모습이다.

초봄이 되면서부터 덕유산과 지리산은 한 주 한 주가 다르다. 유년기의 아련한 초록, 소년기의 싱그러운 초록, 청년기의 건장한 초록, 밀림 같은 장년기의 초록. 초록에도 무수히 다양한 느낌이 있다는 것을 알았다. 초록의 변화 과정을 사진 찍듯 선명하게 기억할 수 있는 건 주말 귀촌이 주는 선물이다.

워낙 차가 없는 고속도로인 데다 이른 아침이라 조금만 밟아도 금방 속도가 올라간다. 대전으로 접어들면 어디서들 나왔는지 갑자기 차가 많아진다. 북대전IC로 접어들면 차가 더 많아진다. 둔산 정부청사와 대덕연구단지로 향하는 주중 기러기들의 차량일 것이다. 다시 번잡한 도시로 왔다. 도시와 도시를 오가는 삶도 있고, 나처럼 시골과 도시를 오가는 삶도 있다. 시골과 도시를 오가는 삶의 좋은 점은 '머리 쓰는 삶'과 '몸 쓰는 삶'이 균형을 이룬다는 것이다. '힐링'이란 그런 것일지도 모르겠다.

광복절 정자 짓기

8월 둘째 주 화·수·목 3일 동안 강현이네 반 아이들이 우리 집에서 엠티를 했다. 광복절 휴일 아침, 일찍 오려다가 아이들끼리 아침밥을 해 먹은 후에 도착하는 게 좋겠다 싶어 느지막이 마을에 도착하기로 했다.

오늘은 2학년 학부모들이 주축이 되어 운동장 정자를 짓는 날이다. 학부모 카페에 올려진 협찬 부탁 글에 나는 새참으로 미나리전을 준비하겠다고 했다. 가는 길에 슬슬 부담이 되면서도, 기왕 하는 김에 물놀이도 한번 해보자 싶어 단성장에 들렀다.

마을로 올라오면서 강현이에게 전화를 하니 이제 곧 나가려고 한다. 담임 선생님에게 인사라도 해야겠다 싶어서 조금만 기다리라고 하고 급히 차를 몰았다. 집에 도착하니 뒷마무리를 하는 중이다. 선생님과 열두 명의 아이들이 집을 빌려줘서 고맙다고 인사를 한다. 다른 곳에서 노는 게 더 좋을 법도 한데, 아이들은 마을이 좋은가보다.

강현이도 떠나는 아이들 틈에 끼어 원선이네 집에 놀러 가겠다고 한다. 개학까지 남은 날들을 고성 원선이네~남원 윤서네~다시 원선이네~일산 우리 집으로 정했단다. 돌연 홀가분해졌다.

아이들이 떠난 후 공사장 새참 준비를 하려는데 들국화가 들렀다. 일단 커피 한잔을 마시며 수다를 떨었다. 들국화는 안나사랑네 어르신이 아이들 먹으라고 어제 옥수수를 삶아주었는데 아이들이 안 먹었으니 미나리전 대신 옥수수를 들고 가란다.

학교로 내려가니 현장에는 아빠들 열 명이 일을 하고 있다. 은서 아빠가 시원한 맥주를 아이스박스에 가득 채워놓았다며 우선 한잔하란다. 마시고 있으니 마을회관에 모여 있던 2

한여름 땀으로 목욕하며 일하는 남자들 모습을 보니 웬지 흐뭇하다.

학년 엄마들이 하나둘 내려온다. 오자마자 다들 맥주 한 병씩을 손에 들고 마시기 시작한다. 남자들 일 시켜놓고 엄마들만 즐겁게 논다.

공사장 팀장은 벌교 사는 원강 아빠다. 9기 중에는 총무인 동현 아빠가 유일하게 참석했다. 셔츠가 젖도록 묵묵히 일하는 모습을 보니 새삼 달리 보인다. 옆집 별아띠가 목수일 하는 것도 처음 봤다. 허리에 연장 벨트를 차고 일하는 모습이 멋지다. 미국 여자들이 좋아하는 남자 직업 1위가 목수라는데 …… 음, 그럴 만하다. 시골에선 머슴 같은 남자가 최고다. 그늘막 밑 캠핑 의자에 앉아 한여름 땀으로 목욕하며 일하는 남자들 모습을 보니 왠지 흐뭇하다. 나도 언젠가 여성 목수 교육을 한번 받아보고 싶다.

점심은 신안 사는 밝음이네가 목포에서 사 온 부추김치와 열무김치, 서덜 해물탕으로 했다. 이렇게 모여서 먹고 놀 수 있으니 울력이란 것도 참 즐거운 일이다. 일을 같이해야 정이 쌓인다는 말이 맞다. 점심을 먹고 잠시 수다를 떤 후, 새참 준비를 위해 나는 다시 집으로 올라가 미나리와 부추를 수확했다.

저녁나절, 피오나가 아이들을 데리고 단성 풋살장에 가는데 차량 봉사 좀 하란다. 방학 중 오랜만에 만난 아이들이 잔디 구장에서 놀고 싶다고 한단다. 가 보니 풋살장 이용료가 4만 원이

이렇게 모여서 놀고 먹을 수 있으니 울력이라는 것도 참 즐거운 일이다.

다. 아홉 명의 아이들이 운동장 이용료와 경기 후 택시비를 어떻게 조달할지 상의하기 시작한다. 너무 비싸니 그냥 마을로 돌아가자, 나눠 내면 그리 큰 부담이 아니다 등. 20~30분 논의 끝에 결국 풋살장을 이용하기로 결정이 났다.

풋살장은 인조잔디 구장에 야간 조명, 샤워장에 숙박 시설까지 갖춘 새로운 놀이시설이다. 열심히 운동하고 시원하게 샤워한 후 한잔하고 편안히 잠까지 자는 시설. 남자들은 노는 방법도 참 여러 가지구나 싶다. 아이들이 뛰기 시작하는 모습을 본 후 원지에서 막걸리를 사서 마을회관으로 다시 돌아왔다. 목포에서 공수해 온 민어의 회 뜨기 공연이 막 시작되고 있었다. 민어 회를 안주로 막걸리 서너 잔을 마신 후, 은서 엄마와 함께 은서네가 최근에 지은 황토방을 구경하러 나섰다. 간디학교 6기 동기인 고흥바다* 님네 빈터에 지은 작은 집은 데크도 넓고 전망도 최고다.

11시쯤 집으로 돌아와 맥주 한 잔을 들고 마당으로 나왔다. 들국화네서 얻어다 놓은 평상에 앉아 하늘을 올려다보았다. 한낮의 더위가 싹 가시고 기분 좋게 시원한 밤이다. 오늘도 산촌에서의 하루를 충만하게 살았다.

광복절에 짓기 시작한 정자는 2박 3일 뒤에 완성되었다. 정자 짓기 비용을 정산해보니 재료비와 식비가 2대 1이다. 일과 놀이의 일치!

산촌의 열대야

8월 초 금요일 저녁. 연일 계속되는 찜통더위를 피해 마을은 좀 시원하겠지 생각하면서 내려왔다. 마을 길로 접어들면서 찬바람을 기대하며 차창 밖으로 손을 내밀었다. 그런데 웬걸! 뜨거운 바람이 훅 스친다. 해발 250미터 마을에 올라왔는데도 공기가 여전히 후끈거린다.

마당에 차를 세우고 들국화네 집에 올라가 보니 들국화가 거실에 기진맥진한 채 앉아 있다. 날씨가 웬일이냐고 물으니 며칠 전부터 열대야란다. 마을 들어와 살면서 이런 날씨는 처음이라고 한다. 오늘따라 천문대에도 학생 손님이 많이 와서 밥해대기 죽을 맛이란다.

우리 집 역시 덥기는 마찬가지다. 집 안에 앉아 있기가 후덥지근하여 마당으로 나와 돗자리를 폈다. 그리고 말려놓은 쑥으로 모깃불을 지폈다. 제법 향이 그럴싸하다. 처음으로 마당에 누워서 별을 보았다. 천문대에서 보는 별과는 완전히 다르다. 나무, 지붕의 처마, 전봇대와 전선줄이 하늘을 가린다. 나중에 내가 집을 짓는다면 어떻게 해야 할지 생각이 떠오른다. 여름 습기를 피하려면 침실은 2층에 있어야겠고, 별을 제대로 보려면 옥상이 필요하겠구나 싶다.

조금 있으니 별아띠와 아이들이 나무 침대를 들고 왔다. 눅눅하고 곰팡이 피는 여름, 그리고 바닥이 차가워지는 가을과 겨울에 대비하려면 시골에서도 침대가 필요하다는 생각이 들었다. 일전에 들국화네가 새로 탁자 만드는 것을 보고 우리 것도 하나 만들어달라고 부탁했더니 그새 만들어놓았다. 얼른 거실에 들여놓으니 낮엔 평상, 밤엔 침대로 딱이다.

바깥 공방에서 사면 수십만 원 할 텐데 이웃 잘 둔 덕에 재료비만 들었다.

한밤이 되어도 더위가 가실 줄을 모른다. 이 산골짜기에서 선풍기를 켜놓고 자야 하다니 정말 세계가 뜨거워지는구나 싶었다. 새벽녘이 되어서야 조금 선선해졌다. 일찍 잠이 깨어 마을을 한 바퀴 돌고, 올림텃밭 주변의 잡초를 뽑았다. 새벽부터 땀이 비 오듯 쏟아진다. 그런데 잡초를 뽑다가 지난봄 사다 심은 목화와 바질을 발견했다. 까맣게 잊고 있던 것들이다. 잡초 등쌀에도 죽지 않고 자라 있다니 횡재한 기분이다.

아침밥을 먹고 강현이는 천문대로 청소를 하러 갔다. 들국화는 천문대 손님들 밥해주는 것보다 이불 정리, 방 청소, 쓰레기 분리수거 같은 뒷정리가 더 힘들다고 했다. 예전엔 마을 아이들이 아르바이트를 했는데 요즘은 하는 아이들이 없다고 하기에 강현이에게 해보라고 권유를 했다. 봄부터 딸기농장 알바를 해서 용돈을 벌어 쓰라고 했던 말을 떠올린 아이가 선선히 그러겠다고 한다. 한 시간쯤 지나자 땀을 삐질삐질 흘리며 봉투 하나를 들고 돌아왔다. 한 시간에 만 원. 중학생 알바치고 짭짤하다. 그것도 바로 옆집에서 말이다.

아이가 일하러 간 사이 나는 실로 오랜만에 독서를 했다. 이 더위에 밖에서는 할 수 있는 일이 아무것도 없기 때문이다. 책을 읽다 깜박 잠이 들었는데 더워서 잠이 깼다. 거실이 남서향이라 오후로 갈수록 찜통이 되었다.

햇빛을 피해 안방으로 들어갔다. 거실보다는 시원했다. 그러나 그것도 잠시뿐이다. 몸이 끈적거려 다시 샤워를 하고 밖으로 나가 회화나무 밑에 앉으니 바람이 불어왔다. 그러나 그것 역시 잠시뿐. 아, 어느 한 곳 피신할

데가 없다.

간신히 한낮을 보내고 저녁에 들국화네 부부와 한우 고기를 파는 감나무집으로 저녁을 먹으러 갔다. 침대 만들어준 보답으로 한턱낸 것이다. 들국화는 쇠고기를 먹고 힘이 났는지, 도저히 이렇게는 못 산다고 별아띠를 달달 볶는다. 에어컨이 안 되면 토굴이라도 하나 파달란다. 산촌에도 바야흐로 에어컨이 필요한 시대가 온 것이다.

다음 주에 내려오니, 별아띠는 천연 에어컨 구상을 끝냈다고 한다. 자동차 중고 라디에이터 몇 개와 산에서 내려오는 물을 이용해 에어컨을 만들겠다는 것이다. 뭔 소린지 통 못 알아듣겠는데 옆에 있던 여유가* 님이 그거 좋겠다고 맞장구를 친다. 두 사람은 마을 내 소모임인 대안에너지연구회 회원이다. 여유가 님은 자체 발명한 장치를 통해 자연 냉난방이 되는 집을 2년에 걸쳐 혼자 지었다고 한다.

그 무덥던 여름이 가고 찬바람이 불기 시작한 10월 말, 마을축제에서 만난 부녀자들은 이번 겨울 또 한 번 잘 견뎌보자는 말들을 주고받았다. 기름 때는 집들은 찬바람이 불면서 기름값을 걱정했다.

짧은 기간이지만 시골에 살면서 절실하게 다가오는 것이 있다. 바로 자연에의 적응이다. 시골에 오니 어릴 적 생각이 가끔 난다. 70년대, 어렵던 시절이었지만 그럭저럭 잘 살았다. 경제 성장으로 살기 편리해진 지금, 우리의 적응력은 한없이 작아졌다. 추위와 더위를 이길 수 있는 적정 기술의 개발도 중요하지만, 건강한 불편함으로 돌아가는 삶의 자세도 중요한 것 같다.

집 앞의 무덤

9월 첫 번째 토요일 아침, 커피 한 잔을 들고 밖으로 나가니 바로 앞 산길 입구에 차 한 대가 멈춘다. 곧 이어 예초기와 낫을 든 남자 세 명이 내린다. 무슨 일로 왔는지 물으니 앞쪽 동산을 가리키며 벌초를 하러 왔단다. 앗, 집 앞에 무덤이 있었지. 이사 올 때 봤지만 주인 없는 무덤이구나 하고 덤덤히 생각했었다. 그러고 나서 봄이 되면서 잡초로 뒤덮여 무덤이 있다는 걸 까맣게 잊고 있었다. 그런데, 그게 주인 있는 무덤이었다.

젊은이 두 명이 풀을 베는 동안 옆에서 구경하는 어르신에게 어디 사는지 물었다. 아랫마을에 산단다. 이 산소는 누구 산소냐고 물으니 부모님 산소란다. "아, 그럼 어르신 부모님들이 저희 마을을 지켜주시는 거네요"라는 입에 발린 말이 나왔다.

동산에 수북하던 잡초가 이내 쓱쓱 베어져 내린다. 베인 풀을 보니 잎이 넓은 풀들이 많다. 무슨 풀이냐고 물으니 고사리란다. '여기 고사리가 그렇게 많았나? 그런데 왜 사람들이 고사리를 안 뜯었지?' 갑자기 궁금해졌다.

위쪽을 보니 테라스에 들국화가 나와 있다. 올라가서 물어보니 들국화가 빙그레 웃으며 거기는 초보자용이란다. 작년까지 언덕 위에 살던 지민 선생님 부부도 이게 웬 떡이냐며 신나게 고사리를 뜯었더란다. 그렇지만 뭘 좀 아는 주민들은 가지 않는단다. 고사리는 6월부터 베지 않고 두어야 이듬해 봄에 굵게 올라오는데, 그곳은 가을이면 꼭 벌초를 하니 고사리가 비실비실하다는 것이다.

옆에 있던 별아띠에게 무덤이 마을 한가운데 있는 연유를 물어봤다. 답인즉, 우리 마을은 원주민이 소유한 산지를 매입해서 개발했는데, 아무리 내 땅이라도 남의 무덤은 함부로 손댈 수가 없는 것이라고 한다. 또 기존 마을 주민들과 갈등이 생길까봐 옮기라는 말을 아예 하지 않고 무덤 주변을 공유 부지로 계획해서 개발했다고 한다.

생각해보니 한식 즈음에도 뒷산에 벌초하러 온 사람들이 우리 집 마당에 차를 댄 적이 있었다. 뒷산에 가보니 공적비 하나, 무덤 세 개가 있다. 산속에 만든 마을이니 무덤이 가까이 있는 게 당연한지도 모르겠다.

일본이나 유럽을 여행하다 보면 마을 한가운데나 마을 뒤편에 공동묘

기존 마을 주민들과 갈등이 생길까봐 옮기라는 말을 아예 하지 않고
무덤 주변을 공유 부지로 계획해서 개발했다고 한다.

지가 있다. 시내 한복판에 추모공원도 있다. 그런 걸 보면서 공원묘지가 내집 앞에 들어서는 걸 절대 반대하는 우리나라 사람들을 이기적이라고 생각하곤 했었다. 심각한 묘지 문제 해결 방안으로 신도시에 수목장 공원을 도입하면 어떻겠냐고 제안한 적도 있었다.

그러던 나인데, 그날 밤부터 예기치 못한 증상이 시작되었다. 자려고 누우니 무서움증이 일었다. 이성으로야 당연히 귀신 같은 건 없다고 생각했지만, 저 깊은 무의식 세계에서 삐져나오는 느낌은 막기가 어려웠다.

태어나면 죽는 것이고, 죽으면 다 사라진다. 부처님은 썩어가는 시체를 옆에 두고 수행했고, 소승불교에서는 아직도 그런 식의 수행을 하는 곳이 있다는 것까지 생각해냈다. 그러나 오랜 기간을 두고 형성된 무의식은 힘이 셌다. 무덤이라는 것을 의식하지 않을 때는 아무 느낌이 없다가 무덤이란 걸 의식하자마자 일어나는 느낌. 원효 대사가 그랬듯, 나도 '세상사 모든 일은 마음이 지어내는 것'이라는 일체유심조一切唯心造를 경험했다.

왜 그런 느낌이 일어나는 것일까? 어린 시절부터 '전설의 고향' 같은 한 맺힌 귀신 얘기를 너무 많이 들어서 그런 게 아닐까 추측해보았다. 우리나라에는 편안하게 죽은 사람보다 한을 품고 비참하게 죽은 사람이 더 많았던 것일까. 입가에 피 묻은 귀신 얼굴이 살짝 스치는 것도 같았다. 다행인 건 그나마 꿈에는 나타나지 않았다는 것이다.

내가 직접 마음고생을 하고 나니 사람들이 왜 그렇게 내 집 앞 공동묘지를 반대하는지 이해가 되었다. 묘지 사연을 페이스북에 올리니 페이스북 친구들이 "외국 어느 나라에서는 조상님이 지켜봐 준다고 묘지 근처 집값이 비싸다. 유럽, 일본, 우즈베키스탄 등에서는 삶과 죽음이 공존하는 문화가 잘 형성되어 있다"는 댓글을 달아주었다. 그런 외국과 우리나라는 뭐가 다른 것일까. 죽음과 죽은 자에 대해 가지는 우리 국민의 집단 무의식은 심층 연구 주제인 것 같다.

다음 날 아침 집 앞에 나가니 벌초 흔적들로 지저분하다. 남의 동네 와서 뒷정리도 하지 않고 갔다고 속으로 욕을 하며 빗자루를 들고 나와 도로를 쓸고 무덤 주변도 정리했다.

그러다 생각을 하게 되었다. 어느 날 갑자기 마을 뒷산에 개발된 마을. 남의 땅이긴 하지만 숲 속에 편안히 모시다가 남의 집 앞에 덩그러니 놓이게 된 부모님의 무덤. 자손들 입장에서는 황당했을 것이다. 비석도 없고 잔디도 입히지 않은 무덤을 보면서 자손들 사정이 그리 좋지 않을 것이라고 짐작도 되었다.

남의 무덤을 마을 한가운데 군말 없이 품어 안은 마을 사람들도 대단하게 느껴졌다. '그간의 과정이야 어찌 되었든, 양쪽 다 이해하고 넘어갔구나' 하는 생각이 들었다.

마을에서는 어느 누구도 무덤에 대해 나 같은 생각을 하지 않는 것 같다. 무덤 바로 옆에서 7년째 사는 들국화도, 윗집 동치미 님도 그런 생각을 해본 적이 없단다. 살아보니 별일 없더라는 경험도 한몫했을 것이다. 나 역시 시간이 지나면 아무 느낌도 없어질 것이다. 아니, 무덤 옆에 살아본 경험이 오히려 힘이 될지도 모르겠다. 이래저래 마을살이는 새로운 세상을 열어준다.

무기력증 유발자 잡초

초봄에 오래 묵힌 밭을 정리할 때, 여름이면 잡초가 무서울 정도로 올라오니 너무 열심히 하지 말라는 말을 들었다. 10여 년 전 주말농장 할 때 잡초에 한번 놀란 적이 있지만, 올라오면 얼마나 올라오랴 싶었다.

3, 4월에 잡초가 한창 올라올 때는 망초밭, 쇠뜨기밭으로 이름 붙여도 좋을 만큼 한 가지 풀이 몰려 자라고 있었다. 밭을 섹터로 나누어 길러볼까 하는 야무진 생각도 했었다. 잡초는 하나하나 가까이 들여다보면 예쁜데 여러 개가 섞여 있으면 지저분해 보이기 때문이다.

5월부터 잡초가 쑥쑥 자라기 시작했다. 그래도 낫으로 쓱쓱 베면 우수수 쓰러졌다. 잡초가 꼭 칼에 맞아 쓰러지는 적군 같아 보였다. 재미있는 놀이구나 싶어 웃음도 나왔다. 쉽게 뽑으려고 물을 주고 잡초를 뽑으면 손이 온통 진흙투성이가 되었다. 이거 역시 물장난, 흙장난 같다는 생각이 들었다.

6월이 되니 잡초가 길을 막아서기 시작했다. 2주 만에 와 보니 화장실 가는 길이 막혀 있었다. 집 옆 도랑의 미나리꽝도 잡초로 접근 불가능이었다. 그 길이라도 내보자 싶어서 낫질을 시작했다. 일하는 모습이 안돼 보였는지 옆집 안나사랑이 와서 예초를 해준단다. 예초기는 과연 힘이 셌다. 한 시간 만에 텃밭이 시원해졌다. 그런데 잠시 한눈파는 사이, 나의 첫 번째 올림텃밭에 있던 유채가 다 베어져버렸다. 에구, 미리 이야기했어야 하는데……

7월, 방학과 함께 3주를 도시에서 지내다 오니 예초한 밭은 다시 잡초로 우거졌다. 보기만 해도 무기력증에 빠진다. 아예 그쪽은 신경 쓰지 않고 앞마당만 가꾸기로 했다. 신기하게 잔디가 깔린 앞마당은 아래쪽 밭처럼 잡초로 뒤덮이지 않았다. 그래서 잔디를 심는 건가 하는 생각이 들었다.

장맛비가 내리는 아침, 쪽마루 문을 열고 마당에 떨어지는 비를 구경했다. 잠시 후 우산을 쓰고 앞마당의 잡초를 뽑았다. 비에 젖은 잡초가 쑥 뽑히는 느낌이 좋다. 좀 있다가 우산을 내려놓고 우비를 입었다. 다시 우비를 벗고 그냥 비를 맞으며 잡초를 뽑았다. 비한테 안마를 받는 기분이다.

8월 초, 밭으로 내려가는 계단까지 잡초로 뒤덮였다. 고추와 토마토가

잡초가 한창 올라올 때는 망초밭, 쇠뜨기밭으로 이름 붙여도 될 만큼 한 가지 풀이 몰려 자라고 있었다.

있는 올림텃밭 가는 길도 잡초로 완전히 막혀버렸다. 무기력의 절정을 느낀다. 예초기 없이는 아무것도 할 수 없구나 싶다. 내년에는 기필코 예초기를 하나 장만해야겠다는 생각이 든다.

8월 말, 옆집 별아띠가 두 번째 예초를 해주었다. 예초가 끝나고 잡초로 푹신한 밭을 걸으니 짜릿한 자유의 향기가 느껴진다. 점령군에게 빼앗겼던 땅을 되찾은 기분이다. 그 밭에 좀 이르지만 유채 씨를 뿌렸다. 올림텃밭에는 옆집 어르신이 준 쪽파와 배추를 심었다. 2주 후부터 유채와 쪽파의 새싹이 올라왔다. 신기하게 잡초는 이제 올라오지 않는다. 밭은 완전히 새로운 풍경이다. 도랑 가에는 고마리꽃이 한가득 피었다. 저 멀리에서 기세등등하던 잡초도 9월에 들어서니 서서히 고개가 낮아지고 10월이 되니 몸을 반쯤 수그린다.

잡초에 대해선 여러 가지 '설'이 있다. 변산공동체의 윤구병 선생님은 '잡초는 없다'고 했고, 황대권 선생님은 '잡초야, 고맙다'고 했다. 귀농운동본부에서 만든 텃밭 가이드북에는 '귀신보다 무서운 잡초'라는 글귀가 있다. 실제로 접해보니 이렇게 다양한 말이 나올 만큼 잡초는 그 위력이 대단했다.

내게 잡초는 '생각거리'였다. 시골, 특히 제초제와 비닐을 쓰지 않는 생태마을에서 잡초는 일대 고민거리다. 자기 손으로 관리할 수 있는 크기를 넘어서는 텃밭은 '중노동 유발자'가 되고, 예초기를 다루지 못하는 사람은 무기력증에 빠진다. 여름날 잡초는 땅에 대한 인간의 욕심을 비웃기라도 하듯 맹렬히 올라왔다. 내가 스스로 감당할 수 있는 밭의 크기가 얼마일까를 생각하면 욕망이 확 줄어들었다. 평생 자신의 농장을 소유하지 않았다는 헨리 소로. 그는 자신의 저서 『월든』에서 농장 가진 사람을 땅의 노예로 표현했다. 땅이라는 무거운 짐을 질질 끌면서 평생 뼈 빠지게 일하느라 고생한다는 것이다. 여름 한철 잡초를 겪고 나니 그 말이 큰 울림으로 다가왔다.

마당에 쪼그리고 앉아 잡초를 뽑으면 마음공부가 되기도 했다. 오래된 잡초는 뿌리가 산지사방으로 뻗어 발본색원이 불가능하지만, 어린 잡초는 쏙쏙 잘 뽑힌다. 마음속 분노도 잡초랑 같겠구나 하는 생각이 들었다. 화내고 마음속에 오래 담아두면 분노는 산지사방에 뿌리를 뻗어 그야말로 '뒤끝 작렬'이지만, 바로 알아차리고 표현하면 앙금이 금세 사라진다. 그렇게 잡초는 생각할 거리를 던져주었다.

새로운 귀촌

10월 첫째 주 토요일, 아침 산책을 나가니 들국화가 마당에서 배추를 썻고 있다. 안나사랑네 어르신이 준 배추와 무로 김치를 담그려고 한단다. 나도 옆에서 거들었다. 너른 마당 수돗가에서 물을 쫙쫙 끼얹으며 일을 하니 기분이 상쾌하다.

배추를 보니 전이나 부쳐 먹으며 놀고 싶은 마음이 든다. 즉석에서 의기투합했다. 오후 3시, 테라스에 프라이팬을 내다놓고 배추전을 부쳤다. 막걸리도 빠질 수 없다. 마침 옆을 지나가는 은서네 차와 진민네 차를 불러 세웠다. 건너편에서 일하고 있는 하림 아빠도 불렀다. 어찌 알고 달사랑도 내려왔다. 어르신이 준 배추와 고소한 기름 냄새가 대낮부터 이웃들을 불러 모았다.

들국화와 달사랑은 마을 원년 주민이고 은서네, 하림이네, 진민네는 초년생 주민이다. 고참, 신참 주민이 한자리에 모여 배추전과 막걸리를 옆에 두고 살아가는 이야기를 주고받았다.

서울 사는 은서네는 올여름 고흥바다 님네 여유 부지에 황토방을 하나 지었다. 두 집은 간디학교 동기다. 동기 모임에서 고흥바다 님이 마당 잡초 때문에 힘들다고 하자 땅 놀리지 말고 황토방이나 지으라는 아이디어가 나왔다고 한다. 그렇게 해서 땅은 고흥바다 님이 제공하고 건축비는 은서네가 부담한 소위 '대지 임대부 주택'이 나왔다. 이 프로젝트에는 마을 사람들이 대거 목수로 참여했다.

올 초 울산에서 이사 온 진민네. 귀촌을 결심하고 땅을 보러 마을에 들렀는데, 구경 온 지 30분 만에 이사하기로 결정했다고 한다. 이 집도 황토방 하나를 별채로 지었다. 초등학교 4학년 진민이에게 시골이 좋으냐고 물으니 너~무 너무 좋단다. 자연이 좋고 친구가 좋고 마을이 좋다고 한다.

재작년 창원에서 이사 온 하림이네. 간디학교 7기인 하림 아빠는 도청 공무원이라 주중에는 창원에서 지내고 주말에 마을에 온다. 금요일 저녁이 되면 모든 걸 벗어던지고 농부로 변태를 한다. 농사짓는 모습을 자주 본지라 고향이 시골이냐고 물으니, 서울에서 태어나고 창원에서 자란 도시 사람이라고 한다. 농사일도 당연히 처음이라는데, 하림 아빠가 가꾸는 밭은 깔끔하기 그지없다.

그러고 보니 이 마을 남자들은 다들 부지런하고 바깥일을 잘한다. 농사는 기본이고 목수일도 아마추어 이상이다. 도시에서는 손 하나 까딱하지 않던 남자들이 이렇게 변하는 이유는 뭘까. 바깥일을 즐기는 남자들이 주로 귀촌을 하는 것일까, 아니면 시골에 오면 저절로 바깥일을 즐기게 되는 것일까? 아마 둘 다일 것이다.

앉아서 노는 동안 해가 뉘엿뉘엿 진다. 신입 주민들은 자리를 뜨고 달사랑과 들국화만 남았다. 마을 원년 멤버인 두 사람은 지난 7년 동안 마을의 개척기와 갈등기, 침체기를 함께 겪었다. 매월 예비 입주자 모임에서 생태마을 공부를 하고 답사를 다니면서 새로 만들 마을에 대한 꿈을 키워나갔다. 마을이 만들어지고 집이 지어지는 감동적인 순간을 함께했다. 마을을 가꾸어가는 과정에서 힘든 순간도 적지 않게 겪었다. 동병상련인지, 한동안 두 사람만이 이해할 수 있는 이야기를 주고받는다.

우리 마을에서 신입 주민은 3분의 1 정도이고, 신입 주민의 절반은 간디학교 학부모들이다. 나머지 주민도 생태적 삶에 관심이 많은 사람들이다. 흔히, 귀촌하면 기존 주민들의 텃새 때문에 적응하는 데 오래 걸린다고하지만, 우리 마을은 신입 주민들을 따뜻하게 품는다. 그리고 이들이 마을에 새로운 활기를 불어넣어 주기를 기대한다. 그게 바로 우리 마을의 내공인 것 같다.

3시에 시작된 배추전 번개모임은 8시 반에 끝났다. 예상치 않게 길어진 자리였지만 이웃과의 만남으로 충만한 하루였다.

작은 집

10월 중순의 일요일 밤, 맥주와 간단한 안주를 들고 들국화와 함께 은서네 황토방으로 밤마실을 갔다.

고흥바다 님과 개나리*는 이날 오전부터 진행한 들국화네 곰취 비닐하우스 리모델링 작업을 함께했다. 남자들이 뼈대와 비닐 씌우기 작업을 하는 사이, 여자 셋은 밭에 있는 곰취 뿌리를 캐면서 수다를 떨었다. 그러다가 오늘 밤 은서네 황토방에서 올나이트 하자고 결의를 했다.

200미터 떨어져 있는 그곳까지 산책 겸 여유롭게 밤길을 걸었다. 오후 내내 흐렸던 날씨가 개어 밤하늘에는 별이 총총하다. 별빛이 밝으니 아랫동네를 감싸고 있는 운무까지 다 보인다. 마을이 높은 곳에 있어서 자주 내려다보이는 운무는 언제 봐도 신비스럽다.

목적지에 당도하니 진주로 마음 수련하러 간 두 분은 아직 귀가 전이다. 집 구경을 하려고 황토방 테라스에 올라가니 눈앞에 펼쳐진 풍경이 장관이다. 천문대 못지않게 밤하늘도 잘 보인다. 마을에서는 집집마다 경치가 다 다르다. 각자 자기네 집에서 보는 경치가 제일 좋다고 하는데, 지금까지 본 경치 중 은서네 황토방 경치가 제일 탁월하다.

갑자기 뒤에서 "누구세요?" 하는 소리가 들린다. 돌아보니 윗집 진민네 엄마, 아빠다. 주인도 없는 집에 있는 게 멋쩍어서 "경치가 너무 멋져요" 하니, 자기네 집 경치도 끝내준다며 올라와 보란다. 경계석을 타고 진민네 마당에 올라서니 이 집 역시 훌륭하다.

기왕 온 김에 차도 얻어 마실 겸 안에 들어가 집 구경을 했다. 진민네는 올 초 집을 짓고 이사 왔는데, 마을에서 가장 전원주택 분위기가 나는 집이다. 아파트식 평면 구조에 거실 천장이 높고 2층엔 다락방 서재가 있다. 본채 옆에는 황토방을 지었는데, 은서네와는 달리 아궁이 칸도 따로 만들었다. 창고 비슷한 아궁이 칸은 그 나름의 멋이 있다. 비 오는 날 아궁이 칸에서 삼겹살을 구워 먹으면 죽여준다고 한다.

차 한잔을 얻어 마시고 내려와 은서네 방에 들어가니 방 안 기온이 훈훈하다. 오늘밤 모임을 알고 친절한 고흥바다 님이 미리 군불을 팍팍 때놓은 모양이다. 전직 경찰인 고흥바다 님은 지금 간디학교 시설 담당, 소위 '소사'이다. 오십 넘어 어릴 적 꿈을 이룬 것이다.

마을에는 진민네와 은서네 황토방 같은 작은 집이 두 개 더 지어지고 있다. 하나는 간디학교 8기인 지혜네가 여름부터 짓고 있는 것이고, 다른 하나는 마을 원년 멤버 유진네가 본채 옆에 1년째 짓고 있는 것이다. 두 집 모두 헨리 소로의 통나무집을 닮았다.

2007년 마을이 개발되고 집을 지으면서 대부분의 집들은 기름보일러를 설치했다. 그런데 막상 살아보니 기름값에 대한 부담이 만만치 않다고 한다. 일부는 목재 펠릿을 원료로 하는 펠릿보일러를 추가로 설치했지만, 부담이 크게 줄어들지는 않았다고 한다. 이런 가운데 군불 때는 황토방이 대안으로 등장한 것 같다.

시골에서 살아보니 '집'과 '방'에 대한 생각이 바뀌고 있다. 사실 마을에는 작은 집합주택이 서너 채 있다. 처음에는 땅값도 싼데 왜 이렇게 작은 집을 지었을까 의문이 들었다. 그러나 살아보니 알겠다. 시골에선 집과 방이 클 필요가 없다.

시골에서 방은 그저 자는 공간이다. 집 안팎으로 들락날락할 일이 많으니 집 안에 먼지가 많이 들어간다. 그렇다고 매번 쓸고 닦기도 어렵다. 그러니 방은 침대 하나와 책상 하나만 들어갈 만큼 작게 만들고, 나머지 공간은 쓸고 닦을 필요 없는 공간으로 지으면 좋겠다. 외국처럼 방을 제외한 나머지 공간에선 신발을 신는 게 좋겠다는 생각도 든다.

난방비를 생각하더라도 방은 작게 만들어야 경제적이다. 온갖 가구를 들여놓으려고 방을 크게 만드는데, 그러면 가구가 차지한 공간까지 불을 때야 한다. 방은 자는 용도로만 작게 만들고 가구는 밖에 내놓거나 줄이는 방법을 고민해보니, 결국 삶이 간소해져야 할 것 같다. 방을 작게 만들고 가구를 줄이면 집도 클 필요가 없을 것이다.

그러고 보니 작은 방과 벽장이 있는 우리네 한옥이 참으로 현명한 집이라는 생각이 든다. 얼마 전 EBS에서는 미국에서 불고 있는 '작은 집 트렌드'에 대한 다큐를 방영한 적이 있다. 큰 집과 대량 소비 생활을 하던 미국 사람들도 경제 위기를 맞이하여 적게 벌어 적게 쓰는 간소한 삶으로 선회하고 있다고 한다. 작은 집에 대한 바람이 외국뿐 아니라 우리나라에서도 서서히 일렁이고 있다.

황토방 테라스

산촌에 와서 새삼스레 느끼게 된 것은 각종 만들기의 즐거움,
특히 음식 만들기의 즐거움이다. 맨 처음 시도한 것은 효소다.
봄에 올라온 쑥, 질경이, 찔레꽃, 오디 등으로 효소를 담갔다.
한여름 거침없이 나무를 휘감고 올라오는 환삼덩굴 처치 방법을 고민하다
고혈압, 당뇨에 좋다는 얘기를 듣고 그것도 효소로 담가보았다.

3장
마을에 정착하다

요리하는 즐거움

10월의 마지막 주, 조금 있으면 무서리가 내릴 것이다. 내 나름대로는 애지중지 키우던 바질이 갑자기 시들어버릴까봐 이파리를 모두 따서 바질 페스토pesto를 만들었다.

바질은 올봄 처음 알게 된 허브다. 마르쉐라는 장터에서 젊은이들이 바질 페스토라는 것을 만들어 팔기에 시식해보고 나서 하나 샀다. 바질 꼬투리도 사다가 씨를 뿌려놓고는 까맣게 잊고 있었다. 그러다 8월 어느 날 잡초를 뽑다가 줄기 하나가 힘차게 올라오는 것을 발견했다.

싱싱한 이파리를 보니 나도 바질 페스토라는 걸 한번 만들어보자 싶었다. 인터넷을 검색하니 바로 레시피가 뜬다. 바질 잎, 올리브 오일, 마늘, 잣, 소금, 치즈를 한데 넣고 믹서기로 돌리기만 하면 된다.

이렇게 해서 만들기 시작한 바질 페스토는 이번이 세 번째다. 식빵에 발라 구워 먹으면 맛있는데 이날은 식빵이 없어서 감자를 이용했다. 감자를 삶은 후 적당한 두께로 썰고, 그 위에 바질 페스토와 치즈를 올려 다시 오븐에 구워냈다. 그리고 들국화네 홈스테이 아이들에게 간식으로 가져다 주었다. 한 입 베어 문 아이들 인상이 그리 좋지 않다. 그러나 이내 "음, 이거 은근 중독성 있는데요" 하면서 하나둘 다 먹어치운다. 나의 실험 요리를 잘 먹어주는 아이들이 그저 고마울 따름이다.

산촌에 와서 새삼스레 느끼게 된 것은 각종 만들기의 즐거움, 특히 음식 만들기의 즐거움이다. 맨 처음 시도한 것은 효소다. 봄에 올라온 쑥, 질경이, 찔레꽃, 오디 등으로 효소를 담갔다. 한여름 거침없이 나무를 휘감고 올라오는 환삼덩굴 처치 방법을 고민하다 고혈압, 당뇨에 좋다는 얘기를 듣고 그것도 효소로 담가보았다.

애플민트와 페퍼민트, 산국화 차도 만들었다. 페퍼민트로는 '모히토Mojito'라는 칵테일도 만들었다. 2008년 쿠바 여행 때 알게 된 모히토는 헤밍웨이가 즐겼다고 해서 유명해진 칵테일이다. 럼주 대신 소주에 물을 적당량 타고, 얼음 간 것과 레몬, 칼로 다진 페퍼민트를 넣었다. 맛은 좀 별로였지만 모양만은 그럴싸했다.

고사리 죽도 시도해보았다. 매주 보내는 '산촌일기'에 고사리 이야기를 썼더니 나의 첫 직장 사수였던 장성수 박사님이 고사리 죽 사연을 답장으로 주었다. 그 옛날 궁핍하던 시절에 먹던 고사리 죽. 장 박사님은 무지 맛없었다고 했지만, 나는 그 맛이 어떨지 궁금했다. 지난봄에 따서 말려놓은 고사리를 불리고 냉동실에 얼려놓은 밥을 꺼내 죽을 쑤었다. 부추와 고추를 넣은 양념장도 만들었다.

죽에 적당히 맛이 들었을 때, 들국화와 별아띠를 점심 식탁에 초대했다. 고사리 씹는 맛이 고기 같다며 예상 외의 호평을 한다. 바질 토스트도 내놓으니 그것도 좋다고 한다. 그러면서 내가 보기보다 손이 빠르고 재주가 좋다고 칭찬을 한다. 칭찬까지

페퍼민트와 소주, 얼음으로 만든 모히토

받고 보니 직접 만들어 접대하는 즐거움이 시골 사는 재미 중 하나구나 싶다.

가을이 시작되는 9월, 추석을 보내고 오니 뒷산에는 알밤이 수북하게 떨어져 있다. 한 시간 만에 자루 하나가 가득 찼다. 오래 보관하기 위해 소금물에 담갔다가 꺼내어 냉장실에 보관해두었다. 삶아 먹고 남은 밤으로는 잼을 만들어보았다. 밤 속을 파내서 약간의 물을 붓고 믹서에 갈아 설탕과 같이 끓이니 금방 잼이 된다.

밤잼도 홈스테이 아이들에게 첫선을 보였다. 식빵 대신 찬밥을 프라이팬에 구운 누룽지를 활용했다. 막상 만들어놓고는 좀 민망했는데 아이들이 누룽지사탕 맛이라고 좋아한다. 아이들의 미식감은 정말 탁월하다. 누룽지를 싫어한다는 아이도 은근 맛있다며 잘 먹는다.

10월의 텃밭에서는 쪽파가 튼실하게 올라왔다. 8월 말 옆집 어르신이 씨앗을 나눠 주기에 아이들 간식용 파전을 생각하며 심은 것이다. 허영만의 만화 『식객』에 소개된 동래파전을 부산 여행 갔을 때 아이가 이야기해서 찾아가 먹었는데, 값이 다른 곳 두 배 이상이라 놀랐고, 순식간에 먹어 치우는 걸 보고 또 놀랐었다.

그 동래파전 흉내를 내보자 싶었다. 멸칫국물, 계란, 새우와 조갯살을 넣어 밀가루 반죽을 했다. 프라이팬 바닥에 쪽파를 깔고 그 위에 반죽을 살살 부어 전을 부쳤다. 아이들 반응은? 그야말로 마파람에 게 눈 감추듯 먹어치웠다.

이렇게 9, 10월에는 주말마다 들국화네 홈스테이 아이들에게 저녁 간식을 대접했다. 집에선 먹지도 않던 것도 남의 집에선 맛있고, 집 떠나면 노상 허기진 법이다. 성장기 아이들이야 더 말할 것도 없다. 신기한 건 이

모든 간식 재료는 다 주변의 들판과 이웃에게서 왔다.

모든 간식 재료가 다 주변의 들판과 이웃에게서 왔다는 것이다. 부족하지 않게 채워주는 자연의 섭리와 마을 인심에 감사할 따름이다.

지천으로 널린 자연의 재료는 숨겨진 재능을 키워내는 힘이 있는 것 같다. 그래서 그런지, 우리 마을 여자들은 하나같이 손재주가 좋고 손맛도 좋다. 10여 년 전 초창기 간디공동체로 귀농한 장영란 님이 쓴 책 『자연달력 제철밥상』에 보면 "지금 엄마가 서울 살던 그 엄마 맞아?"라는 딸의 말이 나온다. 서울 출신 여자가 귀농살이 10년 만에 밥상에 대한 책을 내는 경지에 이르렀기 때문이다. 전인적金人的인 삶이라는 말이 도시에서는 통 머리에 들어오지 않았는데 시골에 오니 온몸으로 느껴진다.

산촌의 문화생활

간디마을의 11월은 곶감 만들기의 계절이다. 11월 둘째 주 호주 퍼스에 사는 채런 엄마와 독일 유학생 조카가 시골집에 놀러 왔다. 일산에서 이웃으로 친해진 채런 엄마는 10년 전 아이들 교육을 위해 호주로 이사를 갔다. 토요일에 내려와 지리산 길을 걷고, 다음 날 오전 들국화네 곶감 말리는 덕장으로 올라갔다.

10월 초, 들국화는 곰취를 기르던 비닐하우스 두 개 중 하나를 곶감 덕장으로 리모델링했다. 그러고 나서 이 덕장을 마을 공동작업장으로 내놓았다. 하우스 크기가 넉넉하니까 원하는 사람은 누구나 이곳에 와서 감을 깎고 널어놓으라는 것이다.

나는 그냥 옆에서 거들기만 하려고 했는데, 들국화가 내게도 한번 만들어보라고 권한다. 자기네 것 만들려고 사 온 것 중 한 박스를 내준단다. 채런 엄마도 어느새 한 박스 사서 만들기로 했단다. 얼결에 내 곶감을 만들게 되었다.

별아띠가 트럭에 싣고 온 평상 두 개를 덕장 안으로 들여 자리를 잡은 후 들국화에게 감 깎기 교습을 받았다. 들국화는 이사 오던 그해 인근 곶감 작업장에 가서 하루 열 시간씩 3일간 고된 노동을 통해 훈련을 받았다고 한다. 그다음 해부터 올해까지 7년째 곶감을 만들고 있다.

우리 마을 주변을 비롯한 산청 일대는 감나무 밭이 많다. 지리산 바로 아랫동네 덕산은 우리나라 최고의 곶감 산지다. 그곳이 공장식 대량 생산지라면 우리 마을은 수제식 소량 생산지다. 산촌의 싸늘한 날씨, 청정한 공기와 바람은 곶감 만들기에 최적이란다. 대량 생산지에서 사용한다는 유황은 우리 마을에선 절대 사용하지 않는다. 서너 집은 판매용으로 꽤 많은 양을 만들고, 나머지 집들은 자급자족용이나 연말연시 선물용으로 소량을 만든다.

곶감 만드는 순서는 이렇다. 먼저 꼭지를 남겨두고 밑동의 껍질을 칼로 깔끔히 오려낸다. 그리고 감자칼로 남은 껍질을 위에서 아래로 죽죽 벗겨낸다. 살림꾼 채련 엄마는 금세 숙달되어 진도가 잘도 나간다. 조카 진솔이도 비교적 잘한다. 나는 영 아니다. 그래도 뭐 어떤가. 이런저런 모양으로 깎아본다. 오전에는 연습 삼아 내 것과 채련 엄마 것 두 박스를 깎았다.

한쪽에서는 감을 깎고, 다른 한쪽에서는 감을 모빌 기둥에 걸고 있다.

다 깎은 감은 바람이 잘 통하는 한쪽으로 옮겨 걸어놓았다. 곶감 말리는 도구가 어떻게 생겼는지 늘 궁금했는데 이날에야 비로소 자세히 보게 되었다. 먼저 작은 집게로 꼭지 부분을 집은 후 이것을 하우스 천장에 달아놓은 모빌 기둥에 차곡차곡 꽂는다. 감 너는 일도 참 많은 손길이 필요하다.

우리가 실습하는 사이 들국화는 점심 준비를 위해 집으로 내려갔다. 그리고 들국화식 밥상을 차려놓고는 우리를 부른다. 오후부터 본격적으로 일할 사람들을 위해 미리 서비스를 한 것이다. '한요리' 하는 채련 엄마는 아름다운 밥상이라고 엄청 칭찬을 한다. 일은 해본 사람만이 알아보는 것 같다. 퍼스로 이사 간 채련 엄마와 산청으로 이사 온 들국화는 살던 곳을 떠나 낯선 곳에 정착한 이주자로서 동병상련의 정을 금세 쌓았다. 주말 귀촌자인 내가 알 수 없는 그런 힘겨움이 귀촌 과정에는 당연히 있었을 테지.

점심 먹고 다시 덕장으로 올라가니 간디학교 여선생님 네 명이 한쪽 평상에서 일을 하고 있다. 초등학생 하나와 등에 업힌 아기도 하나 있다. 우리 아이 담임 선생님은 폼이 딱 잡혔다. 벌써 4년차 경력이란다. 젊은 여선생님들이 모여서 일하고 있으니 하우스 안이 환하다. 누군가의 한마디에 까르르 웃는 모습이 마치 여고생들 같다. 엄마가 일하는 사이 아이들도 자기들끼리 잘 논다. 그 옛날 우리가 그랬던 것처럼 …….

아줌마팀도 다른 쪽 평상에 둘러앉아 감을 깎기 시작했다. 들국화는 30박스를 만드는데, 천문대 손님들과 지인들에게 금방 소진된다고 한다. 들국화의 예리한 눈에 든 채련 엄마는 감 깎기에 동참하고, 탈락한 나는 감 너기 역할을 맡았다. 강도 높은 실전 훈련을 받은 들국화의 손놀림은 완전히 전문가 수준이다. 일은 내 돈 내고 배우는 방법도 있지만, 남의 돈 받으

주황색 곶감 모빌이 설치 예술품처럼 멋지다.
삶 그 자체가 예술이다.

며 배우는 방법이 더 괜찮은 것 같다.

한 시간 뒤 교사팀에는 남자선생님 두 분이 합류하고, 아줌마팀에는
별아띠에게 로켓스토브 기술을 배우러 온 금산 청년 둘이 합세하여 일에
속도가 붙기 시작했다. 다양한 사람들이 어울려 일을 하니 일 자체가 하나
의 축제 같다. 애초에 각본으로는 내가 새참용 즉석 파전을 부치려고 했으
나 시간이 후딱 가버려 못하고 말았다. 파전이 빠진 축제가 못내 아쉽다.

해가 질 때쯤 일을 마무리하고 우리 마을에서 곶감을 제일 많이 하는
달사랑네에 들렀다. 작년에는 감이 풍년이라 세 동(한 동은 100접이고 한 접
은 100개)을 했는데 올해는 감이 귀해 한 동만 한단다. 대량으로 하니 달사

랑네는 감 깎는 기계가 있다. 기계가 있어도 곶감은 깎는 일부터 포장까지 열 번 정도의 손길이 필요하다고 한다. 그렇게 손길이 많이 가니 곶감이 비싼 것은 당연하다. 과정을 알고 나서 먹는 곶감은 그 맛이 다를 것 같다.

보름달이 휘영청 밝은 다음 주 토요일 밤, 달빛 산책에 나섰다가 곶감 덕장에 들렀다. 만든 사람의 이름표를 단 곶감들이 줄줄이 매달려 있다. 천문대에 온 손님들이 깎아서 걸어놓은 것도 있다. 집집마다 처마 밑에도 주홍색 곶감 모빌이 달려 있다. 그 모습들이 설치 예술품처럼 멋지다. 삶 그 자체가 예술이 되는 풍경에 잔잔한 감흥이 일렁인다.

사람들은 시골에 오면 문화생활이 없을 것이라고 생각한다. 맞다, 시골에는 도시 방식의 문화생활이 없다. 그 대신 시골 방식의 문화생활이 있다. 도시의 문화생활이 남이 하는 것을 구경하는 것이라면, 시골의 문화생활은 내가 직접 하는 것이다. 내 손으로 만드는 뿌듯함이 있는 삶. 진정한 문화생활이란 그런 것이리라. 곶감 덕에 이번 연말연시에는 내 손으로 만든 작품을 선물하는 기쁨을 누릴 수 있을 것 같다.

나눔 김장

초가을 언젠가 들국화는 나눔 김장을 한번 해보면 어떻겠냐고 제안을 했다. 아랫마을 사는 독거노인들에게 전달해드리면 좋겠다면서 ……. 여름에 별 보러 온 사당동 성대골 사람들이 들국화가 부르면 언제든 오겠다고 했단다. "아, 그거 좋은 생각이네. 봄에 놀러 왔던 성미산 사람들도 부르면 재미있겠는걸" 하면서 맞장구를 쳤다.

막상 김장철이 다가오니 올해는 아무래도 준비가 안 된 것 같다며, 마을 사람들과 나누어 먹을 정도로 100포기만 하겠단다. 그렇게 해서 11월 마지막 주, 들국화네 김장이 시작되었다. 배추는 들국화가 기른 것과 옆집 어르신에게 얻은 것, 쪽파와 쑥갓은 내가 기른 것으로 준비했다.

일찍 와서 도와주어야 마땅한데 금요일 저녁이 되니 1년간 장거리 주행으로 고생한 승용차가 심상치 않다. 차를 수리하고 토요일 오후 마을에 당도하니 배추는 이미 체험관에 절여져 있다. 부지런한 지영 엄마가 금요일 저녁부터 거들었단다.

간단히 점심을 먹고 체험관으로 가려니 도시연대 후배들이 막 도착한다. 마을에 한번 구경 오고 싶다던 후배들에게 천문대 김장을 함께하자고 한 달 전에 말을 했었다. 여섯 명 정도 올 것이라 예상했는데 다른 일들이 생겨 어른 셋, 아이 하나가 왔다.

후배들과 같이 체험관에 가니 들국화가 솔이네 가서 무를 갈아 와달라고 한다. 이번에는 무를 채 썰지 않고 갈아서 쓰려고 한단다. 생강차를 만드는 솔이네 집에는 생강 가는 커다란 기계가 있다. 무를 깍둑썰기 해서 큰 통에 담아 가니 10분 만에 뚝딱 갈아준다. 그걸 다시 체험관으로 가져와서 찹쌀죽, 쑥갓, 쪽파, 고춧가루, 제핏가루(제피나무 열매를 갈아서 만든 가루) 등과 함께 버무렸다. 양이 많아서 여자 힘으로는 버거운데 남자 두 명이 있으니 금세 일이 진행된다.

양념이 숙성될 동안 후배들과 마을을 한 바퀴 돌고 들국화네서 저녁을 먹은 다음 저녁 7시부터 두 시간만 김치 속을 넣기로 했다. 그런데 막상 일할 시간이 되니 양념 속이 너무 짜서 내일 무를 좀 더 갈아 넣어야 되겠다고 한다. 덕분에 우리는 여유롭게 별을 보고 맥주 한잔하면서 밤늦게까지 이야기꽃을 피웠다.

다음 날 아침, 천문대 손님들이 빨리 출발하지 않고 미적미적하는 바람에 일 시작이 지체되었다. 그러는 사이 후배들은 유채와 페퍼민트, 보리수 열매 따기, 무 구덩이 파기 등 일을 하고 다음 여정을 위해 마을을 떠났다.

천문대 손님들이 다 가고 난 12시, 마치 김치공장처럼 체험관 조리대 위에 배추와 양념 속을 얹어놓고 일을 시작했다. 먼저 들국화가 지난주 농업기술센터 김장 특강에서 배운 대로 시범을 보인다. 김장이 맛있으려면 배추 속에 넣은 양념 국물이 흘러나오지 않도록 바깥 잎을 잘 여며주어야 한다며 '싸매기'를 강조한다. 그런데 배추가 숨이 안 죽어 접히지가 않는다. 천문대 손님들이 많이 오는 바람에 절인 배추를 이틀이나 그냥 두었더니 이게 웬일이냐고 물으니, 절인 배추를 오래 두면 다시 살아난단다. 세상에나! 별일도 다 있구나 싶다.

지영 엄마와 들국화랑 셋이 일하고 있는데 지나가다 들른 가온 엄마가 합류했다. 시골 출신 가온 엄마는 일하는 품새가 완전 프로다. 배추 바깥부터 속을 넣는 모습을 지켜보니 '아, 저렇게 하면 편하겠구나' 하는 생각이 든다.

접히지 않는 배추를 누르면서 싸매는 데 신경 쓰니 두 시간 만에 녹초가 되었다. 서서 하니 다리도 아프다. "좀 쉬었다 합시다. 오후엔 앉아서 합시다" 하는 말이 저절로 나온다. 열혈 청춘 지영 엄마는 얼마나 했다고 벌써 쉬냐고 하고, 가온 엄마도 자기가 맡은 통 하나는 다 채우고 일을 끝내겠다고 한다. 최고령자인 나와 차고령자인 들국화만 점심을 먹으러 집으로 올라왔다. 따뜻한 라면 국물에 막걸리 한잔을 마시고 나니 힘이 난다.

다시 체험관으로 내려가니 가온 엄마는 떠나고 곧이어 솔맘이 들렀다. 솜씨 제일인 솔맘이 펄펄 살아 있는 배추를 어떻게 꼭꼭 싸매냐며 들국화에게 핀잔을 준다. 프로의 한마디에 힘을 얻어 나도 일에 속도를 냈다. 일이 숙달되면서 오전과 달리 서서 일하는 것이 그리 피곤하지 않다.

마치 김치공장처럼 체험관 조리대 위에 배추와 양념 속을 올려놓고 만들기 시작했다.

그러나 오후 반나절 만에 100포기를 다 하기는 역부족이다. 책임감 강한 지영 엄마는 밤을 새워서라도 다 해버리자는데 들국화는 다음 날 출근할 나를 위해 오후 6시에 일을 끝내겠다고 한다. 돼지고기 수육에 막걸리도 한잔해야 하니까 ……. 남은 배추를 저장고에 채워 넣고 바닥 물청소를 한 후 일을 마무리했다.

집에 올라가 김장김치를 썰어서 시식해보니, 예상외로 맛이 훌륭하다. 배추는 아삭하게 살아 있는데 간은 딱 배어 있다. 맛이 이상하면 어쩌나 걱정했는데, 실수가 예상외의 맛을 낸 것이다. 실수에서 아이디어를 얻은 3M의 포스트잇처럼, 실수로 새로운 맛을 발견한 것이다.

그날 저녁, 마을 사람들과 홈스테이 아이들이 모여 수육에 김장김치를 맛있게 먹었다. 그리고 천문대의 따뜻한 바닥에 누워 별을 보며 몸을 풀었다. 들국화가 윤동주의 별 헤는 밤 을 낭송하는 사이 노곤한 이 내 몸은 금세 잠이 들었다.

들국화가 일요일에, 예년보다 김장을 많이 한 것은 나눔김장을 하자는 제안을 내가 기억했기 때문이라고 한다. 천문대는 주말에 손님이 많기 때문에 예년에는 주중에 김장을 했단다. 그런데 올해는 나랑 같이하려고 주말에 날을 잡았다고 했다. 그리고 독거노인까지는 아니더라도 학교 선생님들과 김장을 하지 않는 마을 사람들에게 나누어 주고 싶었단다.

김장은 화요일까지 이틀을 더 하고 나서야 끝이 났다. 들국화는 김치를 선물 받은 사람들이 다 맛있다고 해줘서 기분이 아주 좋다면서 이 모든 것이 다 내 덕분이라고 한다. 이번 김장은 같이하자는 말 한마디에 힘을 얻고, 그 결실을 나누면서 모두가 즐겁고 흐뭇해진 나눔 프로젝트였다.

스마트 빌리지

11월 둘째 주 금요일 저녁, 마을회관 앞에서 솔맘이 손에 접시를 들고 지나간다. 차창을 열고 인사를 하니 마을회관 번개모임에 합류하란다. 오랜만에 마을 사람들에게 인사도 할 겸 집에 들러 안줏감을 가지고 마을회관으로 내려갔다.

오늘 모임은 마을수영장 데크 공사와 마을회관 처마공사 준공 기념 뒤풀이다. 분위기가 무르익을 즈음, 우리 마을 긴 머리 소녀 두 명과 치즈* 님이 스마트폰을 앰프에 연결하여 크레용팝의 노래를 켜고 신나게 춤을 춘다. 술 서너 잔에 그님이 오신 어른들도 불을 끄고 조명발을 돌리며 춤을 춘다. 도시의 '불금' 클럽 못지않다. 그러나 A형인 내가 춤판에 끼어드는 건 시기상조라 맥주 서너 잔만 마시고 집으로 왔다.

다음 날 아침, '밴드'에 들어가 보니 앞머리에 상투를 튼 남정네들 사진이 줄줄이 올라와 있다. 다들 제정신이 아니었던 모양이다. 아이들처럼 노는 사진을 보니 웃음이 저절로 나온다.

이런 모든 마을 소식은 스마트폰의 밴드를 통해 알게 된다. 이번 불금 모임도 마을 공사 사진과 준공 소식이 밴드에 올라오자, '준공 축하 잔치는 없나요?'라는 목마른 사람들의 호소문과 뒤이은 성원으로 결정되었다.

간디마을 밴드는 올 7월 새로 취임한 마을대표가 만들었다. '카페'의 스마트폰 버전인 '밴드'가 생소하던 시절, 동치미 님은 대표가 되고 바로 밴드를 만들어 사람들을 초대하고 마을의 주요 사항을 알렸다. 처음에는 '마을 사람들끼리 뭐 이런 걸 다 ……' 하는 생각이 들었다. 그러나 마을 회의 일정을 알리거나 도로 공사 소식, 면사무소 협의 내용 등 마을의 주요 안건을 실시간으로 올려놓으니 마을 일을 잘 알 수 있게 되었다. 기존에 만들어진 마을 홈페이지가 있긴 하지만 밴드처럼 실시간으로 소식을 듣는 건 어렵다. 그런 면에서 밴드는 참으로 편리하다.

신속하게 의견 수렴을 해야 하는 경우는 온라인 투표를 실시해서 즉시 결정을 하기도 했다. '마을버스 노선 연장 건'이나 '농산물 가공 기계 구입 건' 등이 그렇게 결정이 되었다. 마을 내 번개모임도 올리고, 쓰레기 분리수거가 불량하면 사진을 올려 바로 범인을 색출하기도 하고, 카풀 신청도 수시로 이루어지고, 좋은 정보나 '펌글'도 나눈다.

현재 마을 밴드 멤버는 57명. 마을 전체가 약 30가구이니 거의 모든 가구가 가입한 셈이다. 목소리 큰 사람의 의견만 강하게 제기되지 않고 다양한 사람들의 목소리를 담을 수 있다는 점이 밴드의 큰 장점인 것 같다.

도시 문명에서 벗어나 느리게 살고자 하는 생태마을에서 '스마트식 접근'이라니, 어울리지 않는다고 생각할지도 모르겠다. 그러나 살아보니 시골에서는 도시에서보다 소통이 더 중요하다. '공동체적' 생활을 하니 마을 단위로 결정할 일이 많다. 정보가 제대로 전달되지 않을 경우 오해와 갈등이 일어나기 쉽다. 대중교통이나 편의시설이 부족하니 서로 도움을 주고받을 일도 많다. '개방·공유·소통·협력을 내세운 정부 3.0' 시대, 개방하고 공유하며 소통하고 협력하는 '스마트 방식'이 필요한 건 어쩌면 도시가 아니라 시골일지도 모르겠다.

남쪽 나라

12월 둘째 주 토요일 아침, 대전 집 창밖엔 밤새 소리 없이 눈이 와서 쌓여 있고 날씨는 영하 5도. 서울도 눈이 오고 영하 8도. 산촌에도 눈이 왔으면 어쩌나 걱정하면서 일기예보를 보니 그곳 날씨는 화창하고 기온은 0도다. 우리나라 참 넓구나 싶다.

가벼운 마음으로 출발해서 대전IC를 빠져나왔다. 금산을 거쳐 덕유산까지는 산과 들이 온통 눈에 덮여 있다. 잠시 덕유산휴게소에 들르니 사람들이 눈꽃 사진을 찍느라고 여기저기 분주하다. 올 1월 초 이맘때가 생각난다. 나도 이곳에서 저 사람들과 똑같이 눈 덮인 덕유산 사진을 찍었었다.

덕유산을 지나자 서서히 산 위의 하얀색이 엷어지더니 함양쯤에선 산의 색깔이 푸르게 변해 있다. 남쪽으로 내려가고 있음을 실감한다. 그래, 겨울엔 역시 남쪽이야!

날씨가 화창하니까 괜히 색다른 데 구경 가고 싶은 생각이 든다. 문득 곶감 주산지인 덕산이 떠오른다. 덕산은 지리산 중산리 코스가 가까이 있는 곳이다. 바로 내비게이션 목적지를 바꾸었다.

단성IC를 빠져나와 덕산 쪽으로 달리니 저 멀리 정상 부근에 눈을 이고 있는 지리산이 보인다. 눈 덮인 지리산 정상과 그 아래의 푸르른 산, 그리고 화창한 날씨. 어찌 이리 절묘한 조화가 있을까.

읍내로 접어드니 곶감 덕장인 듯 싶은 창고가 주택 옥상마다 있고, 도로변에는 곶감축제 깃발이 나부낀다. 가는 날이 장날이라고, 마침 덕산장이 섰다. 감 깎는 시기에는 장날에도 거리가 한산하다는데 철이 지나서인지 사람들이 꽤 북적인다. 농기구 상회마다 곶감 상자가 쌓여 있는 모습이 색다르다. 사 먹는 사람이야 무심히 버리는 게 상자지만 상자도 다 돈이다. 큰 것은 2500원, 작은 것은 1400원이나 한다. 원지에는 없는 카페에서 아메리카노 한 잔을 마시고 먹을거리를 사서 마을로 향했다.

집에 도착해서 차에서 내리니 한낮 햇살은 따스하고 바람마저 부드럽다. 작은 나라 안에서도 기후가 이렇게 다르다는 게 신기하다. 그냥 집에 들어가기가 아까워 마당과 밭을 거닐고 들국화네 마당에도 가보았다. 들국화와 별아띠는 필리핀 간디고등학교에 다니는 둘째 아들 졸업식에 가고, 홈스테이 아이들도 다들 놀러 나가서 집에는 아무도 없다. 마당에는 12

집에 도착해서 차에서 내리니 한낮 햇살은 따스하고 바람마저 부드럽다.

월인데도 애플민트가 파랗게 자라고 있어 한 움큼 따서 집으로 왔다. 그리고 다시 밭으로 내려가 남아 있는 쪽파를 다 뽑았다. 데크에 앉아 쪽파를 다듬다가 오늘 저녁 월매주막이나 열어보자는 생각이 든다. 그날 밤 피오나와 별사랑*을 초대해 밤늦게까지 주막을 열었다.

일요일 오전, 날씨가 좋으니 오랜만에 등산이나 하자 싶다. 봄 여름 가을엔 앞산 갈 여유도 없더니, 겨울은 역시 한가한 계절이다. 산청 간디학교는 둔철산을 가운데 두고 남쪽에는 중학교, 북쪽에는 어린이학교와 고등학교가 있다. 각 학교는 마을을 한 개씩 끼고 있는데, 어린이학교는 둔철마을, 중학교는 갈전마을, 고등학교는 안솔기마을을 끼고 있다.

오늘 등산 목표는 북쪽으로 40분 걸리는 둔철마을이다. 매주 산에 간다는 별사랑과 둘째 아들 동우와 함께 걸었다. 마을에 다다르니 어린이학교 정민 선생님이 이곳에 사는 게 생각났다. 집에 있으면 보고 없으면 그냥 오자 생각하고 연락도 없이 들렀다. 마침 집에 있다. 안에 들어가 집 구경도 하고, 고구마와 야콘, 칡꽃차와 뽕잎차까지 대접 받고 다시 길을 나섰다.

돌아오는 길은 마을 도로변을 따라 걷다가 암자를 거쳐 오는 코스를 택했다. 갈 때는 바람도 없고 덥기까지 하더니, 돌아오는 길은 어쩐 일인지 볼이 얼얼할 정도로 바람이 세고 산길에는 눈도 쌓여 있다. 정상을 넘어 다시 남쪽으로 내려오니 서서히 몸에서 열이 난다. 산을 가운데 두고도 남쪽과 북쪽이 이렇게 다르다.

겨울바람 매서운 산촌에서 살려면 겨울 한 달은 필리핀으로 가든지, 난방 걱정 없는 아파트로 가든지, 무슨 수를 내야 한다고 하지만, 이번 주말은 따뜻한 남도 땅의 훈풍을 한껏 즐겼다. 지난 1년간의 오도이촌 기간

중 가장 뿌듯한 시간이 아니었나 싶을 정도다. 도시의 겨울이 춥긴 엄청 추운가보다.

은밀한 프로젝트

12월 마지막 주, 매달아 놓은 지 50일 만에 곶감을 거두어 반건시를 만들었다. 날씨가 좋아 곰팡이 하나 없이 때깔 좋게 잘 말랐다. 완전 건시는 하얀 분이 날 때까지 오래 말리지만 반건시는 말 그대로 반쯤 마른 감으로 만든다. 이때 안쪽은 홍시처럼 물렁하고 단맛이 나고 바깥쪽은 딱딱하고 떫기 때문에 두 부분을 잘 섞어주기 위해 열심히 주물러야 한다. 한참을 만지면 딱딱하던 것이 점점 말랑해진다. 마치 젖몸살을 푸는 것 같다. 주무른 감을 낮 동안 널어두었다가 저녁에 거두어 정성스레 포장을 했다. 이것으로써 시골살이 1년을 마쳤다.

11월 초에 감 깎을 때 들국화는 "11월 말 김장을 끝으로 옆집 언니 시골 정착 프로젝트를 마치겠다"고 했다. "엥? 그게 무슨 소리?" 하고 물으니, 들국화는 시골 초짜인 나를 위해 주말마다 새로운 일을 궁리했다고 한다. 시골에 정 붙이고 살게 하려면 시골살이의 재미를 제대로 느끼게 해줘야 한다고 생각했다는 것이다. '아, 그랬구나!'

나는 늘 신기했다. '들국화는 어떻게 매번 다른 일을 벌일까?' 딸기잼, 고사리, 곰취, 작약, 아카시아, 애플민트, 감국, 밤, 곶감, 김장, 온갖 약선요리 등. 들국화네 천문대에 가서 밥을 얻어먹거나 차 한잔을 마시고 나면 들국화는 "언니, 오늘은 ○○ 해요" 하고, 나는 "그래" 그랬다. 그렇게 돕다 보면 하루 해가 훌쩍 지나갔다. 가끔은 '아, 이거 너무 시켜먹네' 하는 생각도 들었다. 별까지 보는 날이면 오밤중에 집에 돌아오기도 했다.

들국화는 그동안 거쳐간 신참 주민 중 내가 제일 모범생이라고 칭찬을 한다. 천문대 일도 잘 도와주고, 시키는 일마다 훌륭히 해냈단다. 남을 돕는 것이 일을 배우는 가장 좋은 방법이라는 생각도 있었지만, 사실 내게는 일이 아니라 모든 게 놀이였다. 하는 일마다 새롭고 즐거웠기 때문이다.

지난 1년을 돌아보니 감사할 일이 많다. 우선, 옆집 들국화를 만난 일이다. 가까운 이웃은 금방 만든 음식이 식지 않게 가져갈 수 있는 거리에 있어야 하고, 대화 코드가 맞아야 한다. 들국화는 간디학교 선배이자 마음공부 도반이다. 두 아들 모두 간디중고등학교를 나왔고, 귀촌 이후 겪은 풍파를 겪어내느라 '마음 수련'을 다녀왔다. 나 역시 간디학교 학부모이고, 정토회의 '깨달음의 장'에 다녀온 후 마음공부 중이다. 화내고 짜증 내도 결국은 자신의 문제라는 걸 알고 있어서 대화에 막힘이 없었다. 일방적으로

들국화는 내가 천문대 일을 잘 도와주고 시키는 일마다 잘해 냈다고 칭찬을 한다.

받기만 한 것이 아니라 나 역시 줄 것이 있었다. 자기 표현 능력이 뛰어난 들국화는 자기 말을 들어줄 사람이 필요했고, 호기심 천국인 나는 묻고 들을 준비가 되어 있었다.

두 번째 감사할 일은 글쓰기를 시작한 것이다. 막연하게 시골살이를 글로 남겨볼까 생각했는데, 쓰면 쓸수록 글쓰기의 위대함을 알게 되었다. 모든 것을 세심하게 관찰하게 되었고, 매사에 적극적으로 바뀌었다. 누군가 뭔가를 같이하자고 하면 그러자는 말이 바로 나왔고, 마을 모임에도 적극적으로 참여했다. 도시로 돌아와 주말의 삶을 되새기며 쓰다 보면 삶을 두 번 사는 것 같았다. 모든 일의 의미가 선명하게 다가왔고, 남들은 잊어버린 일도 나는 기억하게 되었다.

신년 휴일에 본 〈어바웃 타임〉이라는 영화가 생각난다. 후회되는 순간이 있을 때마다 주인공은 옷장 안으로 들어가 두 주먹 불끈 쥐고 그 순간 직전으로 되돌아간다. 그리고 최선을 다해 순간순간을 만들어나간다. 글쓰기는 그와 비슷한 능력을 주는 것 같다. 글로 남기자면 순간순간 깨어 있어야 한다. 글쓰기 덕분에 '지금 여기'를 충실히 살 수 있었다.

세 번째 감사할 일은 '행복'에 대한 깨달음이다. 한때 도시에 살던 마을 사람들은 행복을 찾아 이곳 산촌에 생태공동체를 만들었다. 그러나 행복은 생각만큼 오래가지 않았나보다. 큰 생각은 같았지만 작은 생각의 차이를 모아내는 일은 어려웠고, 그 과정에서 오해와 갈등과 번민이 있었다고 한다. 일부는 마을을 떠나고, 일부는 고통을 넘어서는 방법을 찾으려고 노력했다. 그리고 마침내 자기 마음을 바꾸어 행복해지는 길을 발견했다. 이제 마을 주민 상당수는 마음 수련자들이다. '자신이 변하지 않는 한 행복이란 어디에도 없다'는 사실을 알게 해준 것이 생태공동체의 최고 미덕이 아닐까 하고 생각한다.

산촌에서 나는 지난 한 해를 그 어느 때보다 잘 살았다. 에너지를 나눠 준 마을 주민들, 간디학교 아이들에게 진심으로 감사한다.

도시의 생태적 삶

2013년 12월 31일, 대전에서 9개월 동안의 회사 합숙소 생활을 청산하고 나만의 아파트로 이사를 했다. 이사 온 집은 25년 된 5층짜리 아파트다. 3년 전 대전에 처음 내려왔을 때는 뭣도 모르고 중앙난방 고층 아파트를 얻었다가 관리비 폭탄을 맞았다. 잠시 회사 합숙소로 피신해 있다가 관리비가 가장 적게 드는 개별난방 저층 아파트를 찾아 다시 이사를 했다.

첫날부터 문제가 터졌다. 배변 활동이 왕성한 아이가 일을 보고 나오더니 화장실이 막혔다고 한다. 대변이 워낙 굵어서 수압 약한 수세식 화장실에서는 간간이 사건을 터뜨리는 아이다. 그래서 시골의 생태화장실을 무지 편안해한다.

좀 풀렸나 하고 재차, 삼차 물을 내려도 뚫릴 기미가 보이지 않는다. 급기야 다음 날 아침 '뻥뚜러'를 사 왔다. 3분의 1쯤 뿌려둔 후 물을 내려도 안 내려가고, 한 통을 다 뿌려도 안 내려간다. 나중엔 꼬챙이를 갖다 쑤셔 보기도 했다. 이틀간 그야말로 '쌩쑈'를 한 후에야 서서히 뚫리기 시작했다.

화장실이 막혀 있는 동안은 소변도 바닥에서 처리할 수밖에 없었다. 시골집에서 밤에 하던 것처럼 딸기 바구니에 일을 본 후 물 한 바가지를 뿌리고 끝냈다. 수세식 변기는 한 번 내릴 때마다 10리터의 물을 사용하니까 하루에 50~100리터의 물을 절약한 셈이다.

며칠 후에는 세면대 수도꼭지 고장으로 물이 넘쳐흘러 집 밖의 계량기를 하룻밤 잠가두어야 했다. 이때 역시 수세식 화장실은 그림의 떡이었다.

이사 오자마자 두 차례 큰일을 겪고 나니 시골의 생태화장실이 참으로 훌륭하다는 생각이 든다. 막힐 걱정, 단수 걱정 없이 우아하게 배변 생활을 할 수 있으니 말이다. 그러다 문득 아파트에도 생태화장실을 만들면 어떨까 하는 생각을 하게 되었다.

아파트에는 베란다라는 여유 공간이 있으니 이곳에 만들면 어떨까 구상을 해보았다. 베란다에서 일을 보면 바깥 풍경도 구경할 수 있으니 꽉 막힌 실내보다 좋을 것 같기도 하다. 시골집 전망 좋은 화장실처럼 말이다. 마음만 먹으면 뒤처리도 가능할 것 같다. 톱밥으로 덮어두었다가 주말에 시골에 가져가서 처리하면 될 것 같다. 과거 시골의 통합형 재래화장실을 떠올리면 냄새가 심할 것으로 생각하겠지만, 분리배출하면 냄새가 거의 없다. 냄새는 주로 소변에서 나기 때문이다.

이런 생각을 하고 있는 차에 서울시 녹색시민위원회 생태분과에서 연락이 왔다. '생태적으로 사는 도시의 주거'라는 제목으로 발표를 해달라고 한다. 아는 분이 추천을 했다고 한다. 매주 메일로 보내는 산촌일기 덕분인 듯한데, 좀 당황스럽다. 도시에서는 전혀 생태적으로 못 살고 있기 때문이다. 그러나 아파트 생태화장실을 고민하던 차인지라 '이게 무슨 계시인가?'

하는 생각이 스쳤다. 이참에 정리 한번 해보자 싶었다. 시골살이 경험을 토대로 제안 정도만 해도 된다면 발표해보겠다고 승낙을 하고 고민을 시작했다. 지난 1년간의 경험을 어떻게 도시에 적용할 수 있을 것인지 ……

내게 시골살이는 참으로 뜬금없는 것이었다. 몇 년 전까지만 해도 나는 생태라는 말에 거부감을 갖고 있었다. 도시 계획을 전공하고 도시 개발을 하는 회사에 다녀서 그런지 환경론자들의 강한 주장에 대해 반감 비슷한 걸 가지고 있었는지도 모르겠다. 개인주의적 성향이 강한지라 공동체 역시 내게는 맞지 않는다고 생각했다. 그러나 산촌유학과 대안학교 학부모가 되면서 서서히 시골의 맛을 느끼게 되었고, 급기야 시골살이에 대한 로망을 갖게 되었다. 연구자 생활을 하면서 접하게 된 생태마을에 대한 호기심도 일었다. 그러던 차에 아이 덕분에 시골에 집을 구하게 되었다.

시골살이 초반에는 소심한 걱정도 했다. 도시 연구는 하지 않고 무슨 시골살이냐는 말을 들을까봐서였다. 그러나 주변 사람들이 재미있는 시도다, 도시 문제를 해결하려면 도시 밖에서 도시를 볼 필요가 있다고 말해주었다. 그 말에 많은 힘을 얻었다. 그리고 1년이 지난 후, 감사하게도 누군가가 내게 고민할 기회를 주었다.

일단 연구 차원으로 접근하고 있는 것들을 찾아보았다. 우리 연구소에는 쓰레기 처리 전공자가 있다. 그는 음식물 쓰레기 발효 처리 시설을 개발해서 서울의 수서임대단지에서 시험 가동을 하고 있다. 바이오칩을 넣어 24시간 기계를 돌리면 음식물 쓰레기가 퇴비가 되어 나오는 기계이다. 올해는 대전에서 한 군데 더 가동할 계획이라고 한다. 생태화장실 연구는 없냐고 물으니, 한 대학과 기업에서 분리형 변기와 처리 시스템을 연구 중이라고 한다. 기술적으로는 그 정도의 연구가 진행되고 있는 것 같다.

'개인적으로 할 수 있는 건 뭘까?' 하고 고민하는 중에 고속버스 휴게소 매점에서『베란다 텃밭』이라는 책이 눈에 들어왔다. 늘 생각에만 그친 것인데 올해는 한번 해봐야겠다 싶어 책을 사서 읽었다. 버려지는 현수막으로 화분을 만들어 시골의 비옥한 흙을 담아 씨를 뿌리면 잘 자랄 것 같다. 거기다 소변 액비를 뿌린다면? 생각만 해도 흐뭇하지만 과연 말대로 될 것인가는 두고 봐야 할 것이다.

정리를 하다 보니 이렇게 저렇게 생태적으로 살자는 제안은 많이 할 수 있을 것 같다. 그러나 편리한 세상에서 불편하게 살기는 쉽지 않을 것이다. 우리 마을에 이사 오고 싶어 하던 사람도 생태화장실을 써야 한다니 기겁을 했다. 나도 시골살이 직전의 인도 여행 경험이 없었다면 적응이 쉽지

랭기지캐스트 모임의 외국인들이 마을에 농활을 왔다.

않았을 것이다. 보름 동안 춥게 자고 노상방뇨하고 다닌 경험이 내겐 큰 도움이 되었다. 지난 1년간의 경험도 또 다른 힘을 주는 것 같다.

그래서 도시의 생태적 삶을 위해 제안을 한다면, 우선 생태마을에 자주 와서 지내보라고 말하고 싶다. 생태적인 삶을 위해서는 불편함에 대한 적응력이 필요하다. 편리해질수록 생태와는 멀어지기 마련이다. 불편함을 상쇄하는 즐거움이 크다는 것도 경험해보아야 한다.

생태마을에서 지내는 방법은 여러 가지다. 아이들은 생태마을의 계절학교에 보내고 가족들은 들국화의 천문대 같은 곳으로 놀러 오면 된다. 하루 세 시간만 일하면 먹여주고 재워주는 우프WOOF: Working On the Organic Farm도 있다. 나처럼 오도이촌의 삶도 한번 권해본다. 생태마을에 땅을 빌려 한 칸짜리 작은 농막주택을 지어볼 수도 있고, 1, 2년 정도 빈집을 빌려 살아볼 수도 있다. 영화 〈로맨틱 홀리데이〉처럼 휴가철 집 교환도 시도할 만하다(내 희망은 바닷가에 사는 사람과 집 교환을 하는 것이다).

우리 마을에는 놀러 왔다가 아주 이사 온 사람, 한 번 왔다가 계속 오는 사람이 많다. 간디학교에도 계절학교에 왔던 아이들이 주로 입학한다. 그러니 무슨 일이든 일단 한번 해보는 게 중요하다.

새해를 여는 마음

2014년 1월 셋째 주 토요일, 3주 만에 산촌에 갔다. 군인인 큰아이가

장기 휴가를 나와 두 번의 주말을 도시에서 보냈다. 도시에서의 휴일은 이제 좀 지루하다. 시골 할머니들 심정이 그럴까. 며칠 지나면 답답해서 바로 내려가고 싶다. 할 일이란 그저 소비 생활뿐이다.

강현이는 인근의 남원, 고성 사는 친구들이 놀자고 해서 이틀 전에 먼저 간디마을로 내려갔다. 산촌에서는 아이들끼리 있어도 별로 걱정이 안 된다. 이웃이 보살펴 주기 때문이다. 천문대 손님 뒷정리로 힘들어하던 들국화가 일꾼이 내려간다고 하니 '오 나의 구세주'라며 반긴다.

토요일 오후, 저녁 8시에 대전을 출발했다. 오랜만에 남쪽으로 달리니 마음이 설렌다. 내 발길이 반가운지 달빛이 휘영청 밝다. 보름을 갓 지난 둥근 달이 오는 길 내내 왼쪽에서 비추는 것이 마치 수호천사 같다. 대전통영고속도로는 2차선에 가로등이 적어 밤길 운전이 힘든데, 달빛 덕분에 아주 편안하다. 두 시간 후 당도해 마당에 내려서니 달도 밝고 별도 초롱초롱하다. 달과 별이 함께 밝은 날은 마을에 온 후 처음인 듯하다.

집 안에 들어가니 아이들 세 명이 쪼르르 누워 사이좋게 놀고 있다. 배고프다는 아이들과 함께 라면을 끓여 먹고 건넌방에 이불을 깔아준 후, 오랜만에 불을 끄고 창밖을 바라보았다. 달이 훤하니 마당의 실루엣이 다 보인다. 남서향 하늘엔 별만 반짝일 뿐 아직 달은 보이지 않는다. 평상시에는 커튼을 치고 자는데 이날은 커튼을 열어두었다. 새벽이면 달이 창가로 찾아올 것이기에 …….

일요일 아침, 식사 준비를 하는데 언덕 위 치즈 님이 문을 두드린다. 얼른 나가 보니 포장 오징어 한 마리를 건네준다. 아, 언젠가 내가 소개한 영동 산골 오징어다. 서울 출장 길에 대전역에 전시된 것을 보고 '산골에도 오징어가 나나?' 하면서 유심히 보니 산골 청정수로 씻어 산골에서 말린 오징어였다. 우리 마을에선 '청정 숲 속에서 간수 뺀 소금'을 만들고 있는 중인데, '우리보다 먼저 시작한 사람들이 있구나' 싶어 마을 밴드에 사진과 글을 올렸다. 내 글을 보자마자 치즈 님이 바로 오징어 공동구매에 나섰고 마을 사람들 호응도 좋았다. 나도 한 쪽 맛보게 해달라고 했더니, 감사하게도 잊지 않고 내가 오자마자 갖다준 것이다. 조금 떼어 얼른 맛을 보니 아주 깔끔하다.

아침을 먹은 후 오징어를 들고 들국화네로 갔다. 3주 만에 만나 오징어를 씹으며 한껏 수다를 떤 후, 햇빛을 즐기러 뒷산 능인암으로 산책을 나

방 하나, 거실 하나 정도의 열 평짜리 작은 집이 지어지고 있다.
역시 작은 집이 대세다.

섰다. 마을 맨 뒤편 새로 닦은 필숙 선생님네 터에 어느새 집이 세워져 있다. 마을에 내내 있던 들국화도 언제 이렇게 올라갔냐며 깜짝 놀란다. 방하나, 거실 하나 정도의 열 평짜리 작은 집이다. 역시 작은 집이 대세다.

숲 속 양계장에서 계란을 수거해 오던 안나사랑 님도 잠시 쉬면서 새로 올라온 집 구경을 하고 있다. 양계하는 집들은 마을 뒤편 숲 속에서 닭을 키우고 있다. 두 양동이 가득 담긴 계란을 보면서 먹어보고 싶다고 하니 큰 것으로 하나 골라준다. 몇 십 년 만에 날계란을 먹고 힘을 내 숲 속 닭장도 둘러보고 한 시간 만에 암자에 올랐다. 스님이 출타 중인 암자에서 약수한 모금을 마시고 바위 밑에 계신 부처님께 삼배를 올린 후 겨울꽃을 따면서 다시 마을로 내려왔다.

이날 오후, 필리핀 간디고등학교에서 교사로 있는 외국인 두 분이 저녁에 온다면서, 들국화가 저녁 찬거리로 우리 밭에 있는 냉이와 배추를 좀 캐달란다. 벌써부터 우리 밭에 냉이가 많다고 하는데, 나는 암만 봐도 보이지를 않는다고 하니 내려와서 알려준다. 세상에나! 흙 색깔과 비슷한 것이 땅바닥에 바짝 달라붙어 있다. 들국화가 알려주고 간 뒤에도 처음에는 통보이지를 않더니 하나둘 차츰차츰 눈에 들어오기 시작한다. 긴가민가하는 것이 있어 캐보면 뿌리가 불그스름한 것도 있다. 그러나 뿌리가 뽀얀 것만이 냉이다. 계속해보니 알겠다.

겨울 밭의 냉이와 배추를 보면서 또 한 수 배웠다. 한겨울 차가운 땅에 낮게 포복한 냉이는 땅속으로 깊이 뿌리를 내려 단맛을 길어 올리고 있었다. 김장 때 뽑지 않고 그냥 둔 배추도 겉은 얼얼하지만 속은 달달하게 맛이 살아 있다. 냉이와 배추는 한겨울을 견디면서 자신만의 맛을 만들어내고 있었다.

따스한 햇살을 등에 지고 냉이 한 바구니와 배추 두 포기를 뽑은 후, 등을 펴고 마른 풀밭을 잠깐 거닐었다. 여름 내내 길을 막아서서 무기력증을 안겨주던 잡초들이 발밑에 누워 있다. 나무들도 잎을 떨구어 눈앞이 시원하다. 한겨울이 춥다 해도 시야가 훤해지는 것만은 참 좋다. 바스락거리는 마른 풀들을 가만히 내려다보니 문득 노래 하나가 떠오른다. '마른 잎 다시 살아나 푸르른 하늘을 보네/ 마른 잎 다시 살아나 이 강산은 푸르러.' 아, 이제 곧 봄이 오겠네.

냉이와 배추를 다듬고 씻은 후 들국화의 요리를 도왔다. 저녁 메뉴는

콩가루를 묻혀 끓인 냉잇국, 고구마 월남쌈, 유자 샐러드 등으로
저녁상을 차리고 선생님 등 열댓 명이 둘러앉았다.

콩가루를 묻혀 끓인 냉잇국, 구운 가지에 새싹 채소를 넣고 돌돌 만 것, 고구마 월남쌈, 유자 샐러드, 두부조림, 시금치나물, 김장김치와 원추리 장아찌 등이다. 이 풍성한 밥상에 마을 사는 문 선생님과 필리핀 간디학교 학생, 들국화네 식구들, 우리 집 손님들, 그리고 필리핀 선생님 등 열댓 명이 둘러앉았다. 필리핀 선생님들은 연신 '딜리셔스!'를 외치며 접시를 싹싹 비운다. 맵고 짜지 않으면서 자연 그대로의 맛이 나는 음식이라 입맛에 잘 맞나보다.

춥다 춥다 해도 따뜻한 남쪽 나라, 맑은 하늘과 달과 별, 소리 없이 가르침을 주는 자연, 건강하고 좋은 음식, 정겨운 사람들과 함께 산촌의 또 한 해가 시작되었다. 올해는 또 어떤 일이 펼쳐질까. 내 마음은 또 어떻게 달라질까.

작년 말, 나는 갑자기 첨단 도시인 유시티U-City 연구단장 일을 맡게 되었다. 관심사가 도시에서 시골로 이동 중인데 이건 또 무슨 조화란 말인가. 그러나 주말을 촌스럽게 사는 오도이촌의 이중생활이 새로운 업무로 지친 나를 힐링해주리라 기대해본다.

1주년 기념 파티

1월 넷째 주, 산촌에서의 오도이촌 생활이 만 1년이 되었다. 기념으로 조촐하게 양옆 이웃을 모시고 자축 파티를 열었다. 우리 집 오른쪽에는 들국화네 천문대, 왼쪽에는 안나사랑네가 있다.

마을의 집들은 공간 구조상 서너 집이 그 나름의 클러스터를 형성하고 있다. 30호가 사는 작은 마을이라 서로서로 먼 거리는 아니지만, 그래도 바로 옆집하고 친한 게 제일 좋다. 따끈할 때 음식을 나누어 먹을 수도 있고 필요한 게 있으면 바로바로 도움을 요청하기도 좋기 때문이다. 들국화네는 늘 먹을거리를 주고, 안나사랑네는 농사 기술과 씨앗을 준다. 시골살이에 긴요한 도움을 골고루 받고 있으니 나로서는 더할 나위 없이 좋은 이웃들이다.

일요일 오전 들국화와 차를 마시며 저녁 모임에 대해 이야기를 나눴다. 요리는 뭐 할 거냐고 해서 보쌈에 꼬막을 삶을 예정이고, 남해에서 시금치를 사 왔다고 하니, 시금치전을 하란다. "장소는 언니네서 할까, 우리 집에서 할까?" 하기에 "당연히 우리 집에서 해야지" 했다. 이상한 걸 다 묻는다 생각하면서.

오후 2시에 진주에서 아이가 보고 싶어 하는 〈피 끓는 청춘〉이라는 영화를 본 후, 중앙시장에서 꼬막과 굴을 사 와 5시부터 요리를 할 계획이었다. 그런데 진주 가는 내내 속으로 계산해보니 아무래도 시간이 부족할 것 같다. 마음을 바꿔 영화 예약을 취소하고 바로 중앙시장으로 갔다. 가는 날이 장날이라고 시장 주변이 엄청 혼잡하다. 시장 공영 주차장에 주차하는 데만 20, 30분이 걸렸다. 소도시라도 역시 도시는 도시다.

차를 주차하고 어물전으로 갔다. 한창 꼬막 철이니 파는 가게가 많을 것이라고 생각했는데 남도 땅이 아니라 그런가, 그리 많지 않다. 한 바퀴 둘러본 후 꼬막과 굴을 사고 호떡 하나씩을 입에 문 채 얼른 차에 다시 올랐다. 혼잡한 시내를 벗어나면서 아이한테 "아휴, 도시는 역시 힘들어. 그치?" 하니 "맞아" 그런다. "넌 나중에 크면 어디서 살고 싶어?" 다시 물어보니, "도시라도 사람이 별로 많지 않은 데가 좋겠지" 한다.

요즘 젊은이들의 귀촌 경향에 대해 쓴 기사가 생각나 아이한테 그 이야기를 해주었다. "서울에서 버는 100만 원과 지방에서 버는 100만 원은 다르대. 서울에선 집세와 교통비, 식비 빼면 남는 게 없지만 지방은 집세가 싸고 먹을 게 많으니 저축도 가능하다고 하더라. 엄마는 네가 좋은 대학, 좋은 직장 다니기보다 적게 벌더라도 행복하게 살기를 바라. 대안학교 선생님도 좋지."

영화를 안 봤더니 시간이 남아 읍내에 잠깐 들렀다. 나는 목욕탕, 아이는 피시방에 가서 한 시간 뒤 만나기로 했다. 목욕탕도 설 명절을 맞아 복작거린다. 시골이라 역시 할머니들이 많다. 열심히 때를 벗기고 마트에 들러 막걸리와 딸기를 사서 집으로 올라오니 4시 반. 6시에 저녁을 먹기로 했는데 …… 갑자기 마음이 급해진다.

오전에 인터넷 검색을 통해 요리법을 미리 공부했으나 생각만큼 쉽지가 않다. 혼자서 시금치 씻으랴, 꼬막 씻으랴, 보쌈 삶을 준비하랴 정신이 없다. 이거 하다 저거 하다 허둥대는 내 꼴을 보니 한편으로는 실실 웃음이 나고, 또 한편으로는 '들국화는 와서 좀 도와주지 뭐 하고 있냐'며 남 탓하는 마음이 올라온다.

이렇게 제정신이 아닌 찰나에 들국화가 낯익은 사람과 들어온다. 작년 이맘때 천문대에서 만났던 대구에서 약사를 하는 친구다. 지리산에 등산 왔다가 들렀다고 한다. 들국화는 마음만 급한 나를 보더니, "어쩐지 언니

산촌에서의 오도이촌 생활이 만 1년이 되었다.
기념으로 이웃을 모시고 조촐하게 자축 파티를 열었다.

역량으로는 불가능한 일을 한다고 하더라. 그래서 내가 일꾼을 데려왔지"
한다. 그럼 그렇지, 갑자기 도우미가 등장하니 마음이 탁 놓인다.

씻어놓은 꼬막을 보더니 들국화가 일단 조금만 삶아보라고 한다. 한
접시 삶아서 맛을 보는 순간 들국화와 내가 동시에 "바로 이 맛이야" 하며
환호성을 질렀다. 대구 친구는 입도 안 벌어지고 국물이 질질 흐르는 꼬막
을 어떻게 먹냐고, 이건 자기 스타일이 아니라고 한다. 영락없는 도시 촌사
람이다. 하긴 9년 전 나도 그랬다. 회사 동료 덕분에 순천에서 직송된 꼬막
을 맛보기 전까지는 …….. 이렇게 여자 셋이 잔칫상을 차리다 말고 시금치
전도 부쳐 먹고 막걸리까지 한잔하면서 한껏 기분을 냈다. 우리 먼저 행복

한 게 더 중요하다면서.

드디어 6시 좀 지나니 안나사랑 님이 두 어르신과 같이 들어온다. 어르신은 우리 집에 처음 들어와 본다면서 초대해줘서 고맙다고 한다. 집에 잠깐 다니러 갔던 들국화는 토종닭 백숙과 천문대에 별 보러 온 여대생 넷, 별아띠와 함께 들어온다. 손님이 많으니 거실이 꽉 찬다.

차린 게 몇 가지 안 되지만 다들 맛있게 먹고 후식으로 딸기까지 먹은 후 손님들이 빠진 자리에, 2차로 여자들만의 모임이 벌어졌다. 여기에는 원지 딸기농장 여주인이 합류했다. 작년 봄 마을에서 만든 딸기잼 재료를 제공해준 분이다. 천문대 여주인, 약사, 딸기농장 주인, 그리고 나까지 네 사람은 작년 초 들국화네 천문대에서 하룻밤 정을 쌓은 적이 있다. 그때가 생각나서 전화를 했더니, 기다렸다는 듯 딸기 두 바구니를 들고 바로 올라왔다. 올해도 설 지나고 바로 딸기잼 만들기가 시작되는데, 미리 정을 나눌 수 있어서 참 좋았다. 서로 다른 곳에서 각자 다른 일을 하는 네 명이 그렇게 번개처럼 한자리에 모였다.

한동안 수다를 떨다가 오랜만에 별을 보러 천문대로 올라갔다. 들국화는 이번엔 시 낭송 대신 유튜브로 새로운 노래를 들려준다. 그렇게 별을 보며 노래를 듣다가 깜박 잠이 들다가 하면서 11시쯤 집으로 돌아왔다.

집에 오니 뒷정리가 한가득이다. 치우다 보니 자정이 넘었다. 월요일 출근하려면 5시 반에는 일어나야 하는데 큰일이다. 5시 반, 5시 반 …… 주문을 열 번쯤 외우고 잠이 들었다. 그리고 월요일 새벽, 4시 반에 눈이 떠졌다.

내 역량에 부대끼는 일이어서 이걸 왜 한다고 했던가 후회하는 마음이 생겼지만, 어느덧 끝내고 나니 잘했다는 생각이 든다. 세상 모든 일은 일단 저지르고 도움을 받으며 그렇게 자신의 한계를 넘어서는 것 같다.

어린아이 같은 마음

2월 둘째 주 금요일, 정월 대보름이다. 오전부터 마을 밴드에는 달집 만들기 사진이, 오후에는 윷놀이 사진이 올라왔다. 퇴근하고 내려가자 바로 달집 태우기 행사가 시작되었다. 마을 수영장 안에 대나무로 크리스마스 트리처럼 달집을 만들어놓고 불을 붙이기 위한 줄도 걸어놓았다.

마을회관 앞에서 윷놀이 한판을 끝낸 마을 주민들이 달집 주변에 빙 둘러섰다. 마침 창원에서 별아띠 천문대에 별을 보러 온 유치원생들도 구경 나오고, 학교에서 묵학 중이던 1학년들도 나왔다. 산불조심 안내차 면사무소 담당자도 나와 있다. 산불 우려로 올해는 달집을 작년보다 작게 만들었다고 한다. 드디어 심지에 불을 붙이자 줄을 타고 달집 나뭇더미에 불이 붙는다. 어스름 저녁에 멋진 불꽃놀이가 시작되었다.

불꽃이 바람 부는 대로 춤을 춘다. 달집이 점점 크게 타오르면서 여기저기 불똥이 떨어진다. 불을 보며 다들 무슨 생각을 하는지, 무엇을 바라는지 궁금하다. 나는 지금 여기, 이 순간을 맘껏 즐기자고 생각한다. 바라는 것이 있다는 건 현재가 부족하다는 것, 지금 이대로 행복하다고 생각한다.

불꽃이 사그러들 때까지 구경을 한 후, 마을회관에 들어가 오곡밥과

갖은 나물로 저녁밥을 먹었다. 손이 큰 들국화가 오곡밥 한 밥통과 다섯 가지 나물을 해 오고, 불망* 언니는 숙주나물, 개나리는 시금치, 치즈는 무나물, 별사랑은 고사리나물을 해왔다. 나는 냉이를 준비한다고 해놓고는 여행 다녀오느라 기여할 기회를 놓치고 말았다. 감사한 마음으로 마을 사람들이 준비한 오곡밥과 나물, 막걸리로 정월 대보름 저녁을 잘 먹었다.

저녁 밥상에서는 영화 제작비 전액을 크라우드 펀딩crowed funding으로 제작했다는 〈또 하나의 약속〉이 화제가 되었다. 이런 영화 정도는 우리 마을 사람들이 봐줘야 한다며, 상영관을 찾아보니 진주에서 상영 중이다. 즉석에서 치즈가 신청을 받아 영화 예매를 했다. 그렇게 모인 여덟 명이 율리아*의 승합차를 함께 타고 진주시로 향했다.

네온사인이 번쩍이는 도심의 영화관에 도착하니 스키니진을 입은 젊은 커플들만 보인다. 그 속에서 우리 마을 사람들 옷차림이 엄청 튄다. 몸뻬에 털장화, 개량한복에 털모자, 작업복 바지에 꽁지머리 등 산촌에선 평범하던 복장이 도시에 오니 촌티 그 자체다. 그러나 뭐 어떠랴. 혼자가 아니라 떼로 있으니 이것 또한 즐거움이다. 그 모습을 기념하고자 지나가던 청년에게 부탁해 기념사진을 찍었다.

영화를 보고 마을에 돌아오니 12시. 마을 길은 대보름 달빛으로 훤하다. 마을 초입에서 여섯 명을 내려주고 율리아와 둘이서 올라가다가 "잠깐 달빛 산책할래요?" 하니 좋다고 한다. 그렇게 해서 집으로 돌아가던 사람들을 다시 불러 모아 동네를 한 바퀴 돌았다. 다들 "달밤 산책은 처음이다. 이렇게 밝은 줄 몰랐다. 너~무 좋다"고들 한다. 가로등 없는 산촌의 달밤에는 우리 마을만의 편안함과 고요함이 있다.

정월 대보름날, 마을 사람들은
어린 시절 동네 친구들처럼 천진만난하게 놀았다.

　마을 맨 꼭대기 달사랑네 집쯤 다다르니, 저 멀리 마을 초입에 자동차 불빛 하나가 보인다. 치즈가 "저거 분명 달사랑 차일 거야. 산청읍 본가에 제사 지내러 갔거든. 우리, 달사랑네 마당에 숨었다가 놀래주자!"고 한다. 다들 어린아이처럼 "그래!" 하며 툇마루 한편에 쪼르르 앉았다.

　이윽고 차가 마당에 들어서고 달사랑 둘째 아들 동우가 내려 현관으로 들어서다가 우리를 보더니 귀여운 목소리로 "안녕하세요" 한다. 뒤따라오던 달사랑도 "이 밤중에 웬일들이야?" 한다. 깜짝 놀라 자빠지기를 기대하던 우리는 김이 팍 새버렸다. '이 마을 사람들은 귀신도 안 무섭나?' 싶었지만, 그만큼 달빛이 밝았으리라.

차 한잔하고 가라는 말에 안으로 따라 들어갔다. 차를 마시면서 예전의 정월 대보름 이야기를 한다. 마을이 생기고 처음 몇 년간은 농악대를 앞세우고 지신밟기까지 했다고 한다. 그러다가 사는 게 바빠지면서 점점 시들해졌다고 한다. 이날도 참가자는 전체 주민의 절반이 안 되었다. 평일이라 그럴 수 있으니 내년부터는 토요일에 행사를 하자고 달사랑이 제안을 했다.

이렇게 정월 대보름날, 마을 사람들은 어린 시절 동네 친구들처럼 천진만난하게 놀았다. 그러고 보니 우리네 세시 풍속은 어른들도 동심으로 돌아가게 하는 힘이 있는 듯하다. 어린아이는 먹은 마음이 없다. 울다가도 금방 그치고, 미워하다가도 금세 풀어진다. 반면 나이 들수록 한번 틀어진 마음은 다시 풀기가 힘들다. 나이 들수록 어린아이처럼 노는 축제가 더 필요한 것 같다.

꼬마 손님의 자연 친화 지능

4월의 첫번째 토요일, 산촌일기를 쓰게 만든 '꿈꾸는 만년필'의 작가 여덟 명과 가족들, 총 열여섯 명이 우리 마을을 찾아왔다. 내 글을 읽고 꼭 한 번 오고 싶다고 했었다.

남편과 나 둘 다 형제 중 중간이어서 집안일에서는 늘 보조 인생을 살았다. 집주인으로 이렇게 큰 손님을 치르는 건 처음이다. 수준이 안 되는 줄 알지만 일단 일을 벌였다. 거사가 하루 앞으로 다가오자 부담감은 가슴에 하나 가득 찼고, 당일에도 꽤나 힘들었다. 저녁 먹으며 한잔까지 걸치고 난 토요일 밤, 별아띠 천문대에 올라가서 따끈한 바닥에 눕자마자 손님들에 아랑곳하지 않고 코까지 골며 곯아떨어졌다.

언제나 그렇듯, 일을 벌이면 늘 도와주는 사람들이 나타난다. 열다섯 명이나 온다던 천문대는 손님이 예약을 취소했다. 손님맞이에 바빠야 할 들국화가 오래만에 한가했다. 오후부터 진행한 딸기잼 만들기 체험은 들국화의 지도에 따라 순조롭게 진행되었고, 딸기잼은 그 어느 때보다 때깔 좋고 맛있게 나왔다.

저녁거리로는 옆집 어르신이 쪽파를 주었고, 언덕 위에 사는 왕언니가 계란 한 판을 삶아 주었다. 시골에 와 처음으로 숯불 바비큐를 해 먹으려고 그릴과 숯을 사다놓았는데 바람이 심해 포기하려던 찰나, 젊은 아빠 한 명이 절대 포기할 수 없다며 불을 지폈다. 어르신의 단맛 나는 쪽파 덕분에 파전은 불타나게 팔렸고, 참나무 향이 제대로 밴 바비큐 맛에 모두들 개인 용량을 초과해서 먹었다.

천문대 별 보기도 좋았다. 손님들 틈에 끼어서 볼 생각이었는데 갑자기 취소하는 바람에 우리 집 손님들만 오붓하게 즐길 수 있었다. 별아띠는 오랜만의 휴식이라 부산 별 동호회에 갔다가 우리 집 손님들을 위해 일부러 되돌아왔다. 하늘의 별도 좋았다. 전날만 해도 황사가 끼어 별빛이 뿌옇더니만 찬바람이 제대로 불어 별빛이 밝았다. 그렇게 무사히 하루를 마무리했다.

손님을 맞이하고 보내면서 여러 가지 생각이 남는다. 그중 한 가지는 생태 지능에 대한 생각이다. 손님 중에는 어린아이가 여럿 있었다. 천문대

오후부터 진행한 딸기잼 만들기 체험은 들국화의 지도에 따라 순조롭게 진행되었다.

에 놀러 오는 꼬마들이 그러하듯, 이 아이들도 마을 길을 뛰어다니며 저희
들끼리 잘 놀았다. 생태화장실도 어렵지 않게 잘 이용했다.

　일행 중에 제일 먼저 도착해서 제일 늦게 떠난 가족이 있다. 그 가족의
열두 살 큰아이는 동물을, 열 살 작은아이는 식물을 좋아했다. 어찌 이리
다를까. 그리고 어쩜 그렇게 자연을 좋아할까 생각했는데, 나중에 사진을
다시 보니 아이들의 특성이 더 확연히 보인다.

　토요일 오후 시작한 딸기잼 만들기. 제일 먼저 해야 하는 꼭지 따기에
작은아이는 엄마 아빠 사이에 앉아 열심히 한몫을 한다. 같은 시간, 큰아이
는 옆에서 고양이와 놀고 있다. 작은아이가 보자마자 울고불고 난리를 친

바로 그 고양이다. 우리 집에도 자주 오는데 내가 나타나면 도망가기 바쁜 그 고양이가 참으로 신기하게도 큰아이 앞에선 얌전하다.

꼭지 따기 하던 작은아이는 어느새 수풀 속 들국화 옆에서 대바구니를 옆에 끼고 머위 잎을 딴다. 체험관 싱크대에서 딸기를 씻는 장면에서도 작은아이는 어른들 틈에 끼어 한몫을 하고 있다. 이 시간 큰아이는 보이지 않는다. 동물을 찾아 밖에 나가지 않았나 싶다.

다음 날 아침, 마을회관에서 야채죽과 딸기잼 토스트로 식사를 마친 손님들은 딸기잼을 가슴에 안고 마을을 출발했다. 부실한 손님 접대였는데도 다들 행복한 얼굴로 다시 올 것을 기약하며 떠났다. 아이들을 안아주며 또 오라고 하니 다들 그러겠다고 한다.

자매 가족 한 팀은 남았다. 전날 따라다니며 들살림을 배운 들국화 이모한테 인사를 하고 가야 한다고. 천문대로 올라가니 주인들이 없다. 돌아오기를 기다리는 사이 아이들에게 페퍼민트와 유채꽃 따기를 시켰다. 역시 작은아이만 관심을 기울인다. 큰아이는 고양이 따라다니기에 바쁘다. 조금 있다가 닭도 구경하고 싶단다.

마을 구경 겸 닭을 보러 달사랑네 집으로 갔다. 사실 나도 닭장 구경은 처음이었다. 닭에 대한 설명을 듣고 유정란 두 판을 사 들고 내려오면서 아이가 묻는다. 유정란에서 진짜 병아리가 나오냐고. 그럼 당연하지! 사실 나도 안 해봐서 잘 모른다.

달사랑네 집 다음으로 멋진 생태주택을 보여주려고 개나리네 집에 들렀다. 주인이 출타한 집에 들어가 집 설명을 해준 후 사진을 찍었다. 이때 찍은 사진을 보니 작은아이가 연못가의 튤립, 수선화 화단을 매만지고 있다.

이런 자매의 차이는 어디에서 오는 것일까. 그러나 그런 걸 따져서 뭐 하겠나. 하워드 가드너가 말한 다중지능 이론에 의하면, 이 아이들은 자연 친화 지능이 참으로 높은 것 같다.

간디학교 양희규 교장 선생님이 쓴 『꿈꾸는 간디학교 아이들』에는 재미있는 일화가 나온다. 한 지인이 영국의 왕립 식물원을 방문했을 때, 식물원 원장의 학문적 배경에 대해 물었다. 원장은 학교란 곳을 다녀본 적이 없다고 대답했다고 한다. 왜 학교를 안 갔느냐는 물음에 대한 대답은 "너무 바빠서 ……". 어린 시절부터 꽃과 나무를 기르느라 너무 바빠서 학교에 갈 수 없었던 그분은 스무 살이 되기 전에 이미 식물학의 세계적인 권위자

나만 보면 달아나기 바쁜 고양이가 큰아이 앞에선 얌전하다.

가 되었다고 한다.

주말 꼬마 손님을 관찰하면서 이 아이들이 자연과 가까이 살면서 재능을 키워가면 좋겠다는 생각이 들었다. 배움이란 건 학교 밖에서도 이루어지는 것이고, 열정이란 건 저절로 관심 가는 대상이 있는 곳에서 키워질 것이다.

도시에서만 살다가 시골을 경험한 지 1년. 그것도 주말뿐이었지만 그 짧은 기간 동안 배운 삶의 기술과 지혜가 지난 50년 세월보다 더 많은 듯하다. 도시를 완전히 떠날 수 없는 도시인들을 위해 오도이촌의 기회가 많이 열렸으면 한다.

꼬마 손님이 연못가의 튤립과 수선화 화단을 매만지고 있다.

마을에 학교와 아이들이 없다면 어떨까?
여느 시골 마을처럼 죽어가는 마을일 것이다.
반대로, 학교에 마을이 없다면 어떨까?
아이들이 배우는 것은 삶과 동떨어진 것일 테고,
아이들에게 안전한 환경이란 힘든 일이 될 것이다.
마을엔 학교가 필요하고 학교엔 마을이 필요하다.

一

4장

마을에서 크는 아이들

도보 여행과 입학식

2013년 2월 마지막 주, 간디중학교 9기 신입생들이 남해로 5박 6일 도보 여행을 갔다. 함께 걷고, 함께 자고, 한솥밥 해 먹으며 친구들과 스킨십을 쌓는 기간이다. 한 학년 스물다섯 명이 3년 동안 잘 지내려면 서로를 이해하는 기간이 필요하다. 초·중·고 시절, 새 학년이 되면 어떤 친구를 새로 사귀게 될지 두근대기도 했는데, 이 아이들은 대학생들처럼 3년을 죽같이 지내야 한다. 매일매일 같이 공부하고 같이 자면서 말이다. 서로를 미워하면 학교 생활이 지옥이 될 수도 있을 것이다.

도보 여행은 부모 품을 떠나 공동체적 삶을 살기 위한 준비 기간이기도 하다. 공동체 생활을 하려면 자기 것은 스스로 챙기고 남에게 폐를 끼치지 말아야 한다. 늘 챙겨주던 부모가 학교에는 없다. 아이들은 머리까지 올라오는 큰 배낭에 침낭과 옷가지를 챙겨 떠났다.

금요일 밤, 도보 여행 맞이를 핑계로 부모들이 체험관에 모였다. 처음으로 오랫동안 아이들을 떨어뜨려 놓는 부모들이 많은지라 자신들이 더 흥분해 있다. 인터넷 카페에 올라온 아이들 소식을 서로 나누다가 12시에 혼자 집으로 올라왔다. 다른 부모들은 체험관에서 불편하게 자야 하는데 나만 빠져나오니 조금 미안하다. 그러나 대안학교 초보 부모는 남들과 어울려 자는 것도 통과 의례 중 하나다.

아이 산촌유학 시절 1박 2일 부모 모임을 하면 나도 아무 데서나 자야 했다. 이불도 깔지 않은 맨바닥에서 잔 날도 부지기수다. 여행을 가면 꼭 침대방이어야 하고 다른 사람과 한방에서 자는 것을 힘들어했는데, 그런

간디중학교 신입생들이 남해로 5박 6일 도보 여행을 갔다.

경험을 하면서 잠자리에 대한 까탈이 점차 없어졌다. 다른 아빠들이 옆에
서 자도 별로 불편하지 않게 되었다. 아이가 부모를 바꾼 것이다.

　토요일 아침, 남해를 향해 출발했다. 아이들 만나는 시간은 4시인데,
남해 구경을 하려고 일찍 길을 나섰다. 가는 길목에 있는 삼천포 어시장을
구경하고 삼천포대교를 지나니 남해다.

　오래전부터 독일마을과 다랭이마을로 유명한 남해지만 나는 이번이
처음이다. 시간이 없으니 차로 일주를 하면서 휙 둘러보았다. 남해, 참 멋
진 곳이다. 산길인가 해서 올라가면 어느새 바다가 펼쳐진다. 바닷가 골짜
기에 있는 다랭이마을은 이제 완전 국민 관광지다. 촌마을 입구에 관광차

들이 줄줄이 늘어서 있다. 독일마을도 마찬가지다. 지나다 보니 미국마을도 있다. 조금 있으면 프랑스마을, 이탈리아마을도 들어서려나 ……. 유치한 듯해도 실현이 되고 있으니 재미있다는 생각이 든다. 차로 두어 시간 둘러본 이 길을 아이들이 5일 동안 걸었으려니 생각하니 마음이 뭉클해진다. 대견하다는 생각에서일까?

아이들과 접선하는 남해대교를 향해 가는 길목에 저 멀리 아이들 걸어가는 게 보인다. 키 높이만 한 빨간 배낭을 매고 묵묵히 걸어가는 강현이가 눈에 들어온다. 차 창문을 열고 이름을 부르니 고개를 들고 두리번거린다. 눈 한 번 마주치지 못하고 아쉬운 마음으로 스쳐 지났다. 남해대교 북단에 이르니 진작부터 와 있는 부모들이 어디 갔다 이제 오냐고 반긴다.

드디어 4시, 저 건너편에서 안전봉을 높이 흔들며 걸어오는 종원 선생님과 그 뒤로 아이들 무리가 보인다. 바닷바람에 휘날리는 대교 난간의 태극기가 우리 아이들을 열렬히 환영한다. 부모들은 준비해 간 플래카드를 펼쳐 들고 박수로 맞이하다가 아이들과 하나하나 하이파이브를 한다. 아이들의 그을린 얼굴이 건강하고 해맑다.

다리를 건너 넓은 공터에 자리를 잡으니 아이들이 다들 땅바닥에 드러눕는다. 5박 6일, 하루 20킬로미터를 걸으며 자신을 넘어서는 경험을 한 아이들만이 느낄 수 있는 그 무언가가 눈가와 입가에 어리는 듯하다.

잠시 기력을 회복한 후, 도보 여행 마무리 행사가 시작되었다. 아이들이 한 명씩 일어나 여행 소감을 말한다. 힘들었지만 좋았다, 내가 해냈다니 뿌듯하다 등. 여행, 특히 힘든 여행은 자신을 적나라하게 들여다보는 기회다. 힘들어서 짜증 나고 옆 친구가 미워서 짜증 나는 법이다.

올 초 보름간의 인도 성지 순례를 결정할 때 제일 걱정되었던 것이 바로 그것이다. 힘든 여행을 하면 짜증 내는 내 꼴을 볼 게 뻔했다. 여행 첫날 법륜 스님이 공항에서 말했다. 3일만 지나면 자기의 감춰둔 모습이 그대로 드러날 것이라고, 그때 짜증 내는 자신을 알아차리라고 ……. 나중에 아이한테 물어보니 자기는 시비 걸고 잘난 척하는 아이들한테 짜증이 났다고 한다. 어찌 그리 나를 닮았는지 ……. 아이의 숨겨진 욕구 역시 나와 같이 '자기 표현'인가보다.

소감을 마치고 마무리 퍼포먼스로 도레미송에 맞추어 춤을 춘다. 아이들의 움직임이 살아 있다. 사춘기에 접어든 강현이는 남을 의식하는 듯 쑥

아이들은 각자 소감을 마치고 도레미송에 맞추어 춤을 춘다.

스러워하는데, 맨 앞에서 리드하는 시골 소년 원선이의 몸짓이 남다르다. 아이가 대단하다고 말해주니 원선 엄마도 놀랍다고 한다. 아이가 이렇게 춤을 잘 추는지 처음 알았단다. '도대체 부모들은 아이에 대해 얼마나 아는 걸까. 아이들은 왜 자기의 본모습을 부모에게 보여주지 않는 걸까' 하는 생각이 잠시 스친다.

돌아오는 길에 아이의 배낭을 매고 남해대교를 배경으로 사진 한 장을 찍었다. 6학년 여름방학 때, 나는 아이와 함께 스페인 산티아고길을 걸으려 했다. 어린 시절부터 떨어뜨려 놓았던 시간을 조금이나마 회복하고 싶다는 바람으로, 아이가 더 크기 전에 장시간 여행을 해보고 싶었다. 아이에게 "엄마랑 같이 갈래?" 물어보니 좋단다. "거기 스페인이지? 레알 마드리드 경기도 볼 수 있겠네" 하면서.

그런데 그해 여름방학엔 동북아 역사 기행을 가느라, 또 그다음 해 정초에는 인도 성지 순례를 가느라 이미 휴가를 다 써버렸다. 내 욕심 채우는 게 먼저였던 것이다. 아이가 아직은 엄마를 필요로 할 때 빨리 다녀와야겠다는 생각이 든다. 세월호 사고를 보면서 다시 한 번 생각하게 된다. '순간순간 아이와 행복한 시간을 만들어가는 것이 살면서 제일 중요한 일이구나'라고.

입학식은 3월 둘째 주 토요일 오후에 열렸다. 먼저 선배들과 선배 부모들이 축하 공연을 하고, 신입생들도 일주일 동안 연습한 수화와 벨 연주를 선보였다. 뒤이어 가족들 소개가 이어졌다. 오빠 누나가 선배인 아이들도 두어 명 된다.

마을회관에서 이어진 부모 모임. 7, 8기 선배들과 함께했다. 모임의 사회자는 7, 8기 두 아들을 둔 상현 엄마 피오나다. 가냘픈 몸매에서 나오는 에너지가 장난이 아니다. 신입 부모들도 뒤질세라 처음부터 입담에 노래까지 대단하다. 이게 바로 경상도의 힘인가, 어쩐지 적응이 안 된다. 속으로 '나도 한때는 저랬던 적이 있지. 이젠 힘이 달려' 생각한다.

소개를 마친 후 살짝 빠져나와 천문대에서 별을 보았다. 날이 흐려서 지난주만 못하다. 별을 본 후 가서 더 놀까 그냥 집에 가서 쉴까, 잠시 갈등이 인다. 갈등이란 이래도 좋고 저래도 좋은 것. 놀 날은 많고 많으니 내일을 위해 이만 쉬기로 했다.

다음 날 아침 6시. 상쾌한 마음으로 일어나 아이와 함께 새 학년 기념 봄맞이 대청소를 했다. 오랫동안 비워두었던 집이라 곳곳에 먼지다. 바닥 청소를 하고 벽과 창틀, 방충망, 창문의 먼지를 닦아냈다. 이제 중학생 시작, 새로운 날들이 열린다.

마을과 아이들

4월 셋째 주, '집간데이'(2주에 한 번 집에 가는 날)라 주말을 도시에서 보내고 일요일 저녁 원지마트 앞에 도착했다. 강현이가 '반금'을 어긴 벌칙으로 학교에 과일을 사 가야 한단다. '반금'이란 '기숙사 내 불량 간식 반입 금지' 규정을 말한다. 3월 중순, 우리 아이를 포함한 여덟 명이 야음을 틈타 치킨을 시켜 먹었다. 대한민국 배달 서비스는 10킬로미터 떨어진 숲 속 마을까지 배달을 온다. 학교에서는 아이들이 주문할 경우 배달하지 말아달라고 부탁했지만 영세 상인 입장에서는 거절하기 어려운 일인가보다.

불행인지 다행인지 다음 날 아침, 치킨 사건은 눈치 빠삭한 당직 선생님에게 딱 걸리고 말았다. 그리고 일명 '하쿠나마타타'(줄여서 '하마'. '모든 일이 다 잘될 거야'라는 뜻)에 올라갔다. 학교에서는 반금이나 싸움, 도난이 발생하면 이 사건을 하마에 올린다. 하마에서는 학생들이 당사자와 참관인에게 사건을 소상히 묻고 대답하는 과정을 통해 사건 전말을 소상히 파악한다. 그리고 학생들 간의 토론과 투표를 통해 벌칙을 정한다. 벌칙을 정하는 데는 선생님들이 절대 개입할 수 없다고 한다. 하마 결과, 벌칙은 먹거리에 대한 책을 읽고 독후감 쓰기, 전교생이 다 먹을 수 있도록 각자 2만 원 상당의 과일 사 오기로 정해졌다.

마트에서 장을 보고 나오니 기숙사 귀환까지는 시간이 좀 남았다. 아이는 피시방에 가고 싶은 눈치가 역력하다. 나 역시 선심 쓰는 기회를 놓칠 수가 없다. 아이는 피시방으로 들어가고 나는 혼자 동네를 한 바퀴 돌았다.

저녁 6시쯤 되니 거리에 아이들이 하나둘 보이기 시작한다. 이윽고 부산발 버스에서 아이들이 무리 지어 내린다. 모두 간디학교 아이들이다. 산청 간디에는 부산, 김해, 창원 출신 아이들이 많다. 순천, 광양, 벌교, 남원, 고성 등 남쪽 지역 출신도 꽤 된다. 아이들이 북적이니 이내 읍내에 활기가 돈다.

간디학교는 산청, 금산, 제천 세 군데에 있는데, 지역적 특성 때문인지 특히 산청 간디 아이들이 에너지가 넘친다고 한다. 부모들도 모이면 엄청 시끄럽다. 수도권 부모들은 처음에는 좀 당황해하다가 이내 다 물들어버린다. 우리 아이가 대전에서 가까운 금산을 두고 산청에 온 것도 사실 그 때문이다. 자기 표현이 다소 서툴고 감정을 잘 드러내지 않는 아이에게는 내면의 에너지를 발산할 수 있는 환경이 필요하다는 선생님의 조언에 따라 산청 간디를 선택했다.

원지마트 앞에 차를 대고 있으니 아이가 친구 네 명을 달고 나온다. 그 아이들을 차에 태우고 마을로 올라왔다. 오늘은 순천 사는 현우와 대구 사는 현준이가 왔다. "야, 너희 집 진짜 좋다!" 감탄하는 한마디에 기분이 '업' 된다. 아이들은 라면에 찬밥을 후루룩 말아 먹고 기숙사로 내려갔다. 길가에서 아이들을 배웅하고 있자니 들국화네서 홈스테이 하는 아이들이 무리

마을에서 홈스테이 하는 집은 일곱 집, 아이들은 분기마다 집을 옮기면서 이 집 저 집에서 살아본다.

지어 올라온다.

　전교생 70여 명 중 마을에 사는 네 명을 제외한 나머지 아이들은 기숙사와 홈스테이에 나누어 산다. 마을에서 홈스테이 하는 집은 일곱 집. 한 집에 보통 서너 명이 지낸다. 아이들은 분기마다 집을 옮기면서 이 집 저 집에서 살아본다. 이렇게 여러 집에 살아보면서 아이들은 서로 다른 삶의 방식을 익힐 것이다. 또 홈스테이 부모들도 이런저런 아이들과 지내보면서 아이들에 대해 공부하는 기회를 가질 것이다.

　2주에 한 번 '집간데이'가 있는 주말, 아이들이 집으로 돌아가면 마을은 순간 고요에 빠진다. 그러다 일요일 저녁이 되면 다시 활기를 되찾는다. 마을 여기저기선 밤늦게까지 아이들 소리가 들린다. 아이들이 삼삼오오 어울려 있는 모습은 보기만 해도 좋다. 도시에선 아이들이 눈치꾸러기지만 시골에선 에너지의 원천이다.

　마을에 학교와 아이들이 없다면 어떨까? 여느 시골 마을처럼 죽어가는 마을일 것이다. 반대로, 학교에 마을이 없다면 어떨까? 아이들이 배우는 것은 삶과 동떨어진 것일 테고, 아이들에게 안전한 환경이란 힘든 일이 될 것이다. 마을엔 학교가 필요하고 학교엔 마을이 필요하다.

마을에서 찾은 엄마의 행복

　6월 마지막 주 금요일 저녁, 출발하면서 아이에게 전화를 하니 마을

형 치민네서 놀다가 늦게 집에 오겠다고 한다. 축구팀 선배인 3학년 치민이, 권호랑 모여 컴퓨터 게임을 하는 모양이다. 피오나 말이, 강현이는 축구와 게임을 잘해서 형들이 좋아하는 두 가지 요소를 다 갖추었다고 한다.

아이가 마을에 있으면 걱정이 안 된다. 어느 집에 있든 먹여주고 재워준다는 믿음이 있다. 이상한 곳에 가서 딴짓할까 걱정도 안 된다. 내가 다른 집에 마실 가서 아이 혼자 집에 있더라도 마찬가지다. 혼자서도 잘 놀고, 어느샌가 마을 아이가 놀러 오기 때문이다.

아이는 10시쯤 집에 왔다. 오자마자 배고프다는 아이에게 밤참으로 국수와 딸기 셰이크를 만들어주었다. 귀가하는 아이를 맞이하는 기분이 참 좋다. 이 얼마 만인지. 아니, 둘째한테 그런 적이 있었던가 싶다.

마을에 집을 얻어 살면서 참 좋은 건 아이가 마실 다닐 수 있는 집들이 생긴 것이다. 어릴 때부터 아이는 붙임성이 좋고 친구를 좋아했다. 동네 친구네 집에 놀러 가면 밤늦게까지 안 오려고 해서 외할머니가 꽤나 애를 먹었다.

3학년 때 산촌유학을 시작하고부터 아이는 집에 와도 더 이상 친구네 집에 가지 않았다. 아이들은 잠시만 안 보면 금세 서먹해한다. 큰아이 말마따나 동네 친구가 없어진 것이다. 그런데 이제 다시 마을에 놀러 다닐 집이 생겼다.

마을이 처음 만들어졌을 때는 마을에 사는 모든 아이들이 마을학교를 다녔다. 주민들이 아이들 교육을 위해 이 마을을 선택했기 때문이다. 그러나 마을에는 학교가 중학교뿐이라 고등학교 진학을 위해 아이들은 다 외지로 나갔다. 지금 마을에 사는 학생은 3학년 세 명, 2학년 두 명, 1학년은 우리 아이가 유일하다. 내년이면 그 숫자가 더 줄어들 텐데, 그게 참 아쉽다. 매년 한 명이라도 이사를 오면 좋겠다.

주말이 되면 아이는 학교를 마치고 바로 마을 형네 집에 놀러 간다. 가서 하는 놀이는 컴퓨터 게임이다. 예전에 우리들이 모여서 만화를 보고 티브이를 보듯, 요즘 아이들은 친구 집에 모여서 컴퓨터 게임을 본다. 자기가 직접 하지 않으면 재미없을 것 같은데, 옆에서 구경만 하는 것도 재미있나 보다. 케이블 방송에서도 게임을 중계하는 시절이니까.

금요일 저녁 내려간다고 해놓고 갑자기 못 내려가는 날에는 마을 형들 집에서 하룻밤 재워달라고 부탁하기도 한다. 마을 형들도 가끔 우리 집에서 자고 간다. 새벽 첫차 타고 피시방 가려면 같이 자고 같이 일어나는 게 좋다는 것이다.

학교 규칙상, 기숙사나 홈스테이에서 지내는 아이들은 마을에 사는 친구네서 자는 게 금지되어 있다. 규칙이 없던 시절, 주말마다 아이들이 몰려오는 바람에 마을 주민들이 꽤나 애를 먹었나보다. 그러나 '집간데이' 주에는 기숙사에 사는 아이들도 가끔 놀러 와서 자고 간다.

큰아이 고등학교 시절, 아이와 나는 분당에 집을 얻어 둘이 지냈다. 마흔 살 넘어 분당에 있는 회사에 재취업한 나는 일산~분당 간을 2년 동안 출퇴근했다. 하루 서너 시간 걸리는 장거리 출퇴근으로 아이들을 거의 건사하지 못하는 시절이었다. 그러다 뜻밖에 큰아이가 연기 공부를 하게 되면서 분당에 있는 계원예고에 진학하게 되었다. 분당에 집을 얻어 장거리 통근에서 해방될 수 있는 자연스러운 기회가 생겼다. 남편과 작은아이는

'집간데이' 주에는 아이들이 놀러 와서 자고 가기도 한다.

아파트 같은 단지에 사는 친정어머니의 보살핌을 받으며 일산 집에 남았
다. 그렇게 우리는 주말가족이 되었다.

　분당의 20평 작은 아파트는 늘 큰아이 친구들로 북적거렸다. 학교가
늦게 끝나는 날은 집이 먼 아이가 와서 잤고, 새벽까지 놀고 난 주말에는
우리 집으로 몰려와 한낮까지 자다 갔다. 가끔 친구처럼 큰아이와 둘이 호
프집에 가기도 하고, 주말마다 일산~분당을 오가며 오랜 시간 대화를 나누
었다. 그 시간들을 통해 아이와 나는 친해졌다. "친구들이 제일 부러운 게
바로 엄마래"라는 말을 듣던 시절이었다.

　그러는 동안 작은아이한테는 많이 소홀했다. 일요일 밤 분당으로 돌아

갈 때 작은아이 얼굴이 어두워진다는 걸 한참 뒤에야 알았다. 1년을 그렇게 살다가 이듬해부터 산촌유학을 시작했다.

산촌유학 초기에 아이는 동네 형을 좋아했다. 그 형 어디가 좋으냐고 물었다. "음, 나랑 처지가 비슷하다고 할까? 그 형도 할머니랑 둘이 살아." 나는 엄청 놀랐다. 형한테만 신경 쓰는 사이 아이가 가졌을 쓸쓸함에 가슴이 저렸다. 할머니는 아이에게 헌신적이었지만, 엄마의 자리는 비어 있었다.

그런 시간을 지나 이제는 작은아이 친구들이 우리 집에 수시로 드나든다. 기숙형 대안학교에 보내면서 작은아이하고는 점점 멀어질 일만 남았다고 생각했다. 그런데 뜻밖에 마을에서 새로운 길을 찾았다. 큰아이처럼 작은아이하고도 많은 시간을 보내고 추억을 만들 수 있게 되었다. 나는 마을에서 엄마의 행복을 발견했다.

한 학기를 보내며

7월 2일 화요일, 1학기 말 발표를 보려고 휴가를 냈다. 간디학교는 자기 주도 학습의 결과인 학기 말 발표를 매우 중요시한다. 발표는 10시 반부터 시작인데 아침 일찍 출발하여 9시에 도착했다. 집 안에 들어오니 종원 선생님의 짐들이 보인다. 지난 주에 아이랑 둘이 옮겨놓은 모양이다.

학교 규칙상 모든 아이들은 한 학기 동안 기숙사 생활을 하면서 공동체 생활을 익힌다. 마을에 사는 아이도 마찬가지다. 한 학기 기숙사 생활을 한 아이는 마을에 사는 형들이 부러웠는지 자기도 집에서 다니고 싶단다. 주중에 혼자 지내겠다는 것이다. 홈스테이 하는 아이들처럼 학교에서 저녁 8시까지 묵학을 하고 잠만 집에 와서 자면 되니 자립심도 기르고 기숙사비도 절약할 겸 괜찮겠다 싶었다. 지방 출신 대학 동기들을 보면 중학교 때부터 도시에서 자취한 경우가 많았던 것이 생각났다.

아이가 그 생각을 축구부 감독인 종원 선생님에게 얘기했나보다. 종원 선생님은 지금 있는 교사 기숙사에 신임 교사가 배정되니 새로 집을 구해야 했다. 마침 아이가 집에서 다니겠다고 말하니 아이랑 같이 지내면 좋겠다고 생각하고 나에게 그 생각을 얘기했다. '이렇게 서로 좋은 방법이 다 있구나' 싶었다.

나는 우리 생각을 담임 선생님과 상의했다. 선생님은 다른 분들과 논의해보겠다고 한 후 며칠 뒤 연락했다. 아무래도 부모가 같이 있지 않으면 안 될 것 같다고 한다. 일전에 마을에서 비슷한 경우가 있었는데 문제가 있었다고 한다. 그 또래 아이들이 하는 어른 흉내를 대안학교 아이들이라고 피해 가지는 않는단다. 나는 한번 모험을 해보고 싶었지만, 오랜 경험에서 나온 학교의 의견을 존중했다. 다시 생각해보니 기숙사 생활은 좋은 점이 많았다. 일찍 자고 일찍 일어나고, 군것질 안 하고, 컴퓨터와 휴대전화를 안 쓴다. 집에서 지내면 이 모든 것을 다 하게 된다. 지금 세상에 컴퓨터와 스마트폰에서 떨어져 지내는 것만 해도 엄청난 장점이다.

그렇게 해서 아이는 계속 기숙사에 있기로 하고, 비어 있는 건넌방에는 종원 선생님이 이사를 오기로 했다. 고등학교 때부터 대안학교 선생님이 꿈이었던 종원 선생님은 금산 간디고등학교를 졸업하고 성공회대에서

영문학을 전공했다. 대학을 졸업하고 잠시 다른 일을 하다가 문득 자신의 꿈을 되새기고, 인턴 교사를 거쳐 올해 정식 교사가 되었다. 영어와 축구를 잘하고 잘생기기까지 한 종원 선생님은 남자아이들의 우상이자 멋진 선배이다. 좋은 선생님이 가까이 있으니 든든하고, 또 모범 사례를 보여주니 그것도 든든하다.

시간이 좀 남아 옷을 갈아입고 마당의 잡초를 뽑은 후 밭으로 내려갔다. 방울토마토와 피망이 적잖이 열려 있다. 익은 열매를 따다보니 담임 선생님에게 선물을 하면 좋겠다 싶다. 옆집 어르신이 준 작은 홍당무와 토마토를 투명 플라스틱 컵에 담고 리본을 달았다. 해바라기와 노란 꽃으로는 아이에게 줄 꽃다발을 만들었다. 좋은 재료가 사방에 널려 있으니 이렇게 저렇게 해보는 재미가 쏠쏠하다. 선생님이 예술성이 넘친다고 한다. "그러게요. 이곳에서는 저도 모르던 소질이 나오네요."

오늘 발표하는 아이는 세 명이다. 원선이는 농장 수업, 민성이는 하쿠나마타타', 강현이는 축구를 주제로 잡았다. 원선이의 발표가 엄청 재미있다. 고성으로 귀농한 원선이네는 밭이 만 평이나 된다. 집에서는 아빠가 시키는 일만 해야 하니까 농사가 재미없었는데 학교에선 친구들하고 하니 즐겁단다. 민성이 발표는 감동적이다. 민성이는 아이들과의 충돌로 이번 학기 최다 '하마' 출연자이다. 쉽지 않은 이야기를 주제로 잡고 발표를 했다. 아이가 발표를 준비하면서 많이 컸을 것 같다. 자나 깨나 축구 생각만 하는 강현이. 농장 수업에서 맡은 역할 때문에 닭장에 모이 주러 가다가도 운동장에서 아이들이 축구하는 걸 보면 모든 걸 잊고 그리 달려간단다. 이번 1학년은 축구 잘하는 아이들이 여럿 있어 간디학교 축구 리그전에도 출

원선이는 농장 수업, 민성이는 '하쿠나마타타',
강현이는 축구를 1학기 발표 주제로 잡았다.

전했다. 허약해서 코피를 쏟던 아이가 이렇게 건강하게 지내고 있으니 더이상 바랄 게 없다.

발표를 마치고 오늘 온 부모들과 함께 경호강 가에 있는 어탕국숫집으로 점심을 먹으러 갔다. 강에서 잡은 민물고기를 갈아 넣고 만든 뜨거운 육수에 국수를 말은 어탕국수는 처음 맛보는 새로운 맛이다. 점심 후 커피 한 잔을 하고 다시 학교로 돌아와 상담을 하고 대전으로 돌아왔다.

며칠 뒤 주말, 방학이 시작되는 여름축제 날이다. 토요일 아침 느지막이 대전을 출발했다. 고속도로 변 숲은 이제 밀림의 분위기가 난다. 장마가 시작되어 비가 촉촉이 내리는 가운데 산 중턱 여기저기서 안개가 피어오른다. 새벽에 일산을 출발한 남편과 원지터미널에서 만나 아침으로 어탕 국수를 먹었다. 이번에 간 식당은 읍내 초입에서 할머니 혼자 하는 곳인데 아침부터 부추무침을 맛있게 해준다.

마을에 들어가기 전 민들레공동체에도 잠시 들러보았다. 내가 편집장으로 있는 연구원 잡지의 원고를 이곳 대안에너지센터 이동근 선생님에게 부탁했다. 지난밤 이 선생님에게 한번 들러보겠다고 메일을 보내고는 답장 확인도 하지 않은 채 왔는데, 마침 에너지센터 앞에서 딱 만났다. 반갑게 맞아주면서 센터 설명을 해준다.

이곳은 녹색성장 사업으로 선정되어 국비 20억 원을 받기로 했는데, 아직 5억 원을 못 받아서 건물 마무리를 못하고 있단다. 세미나 건물은 태양열로 냉난방을 한다는데, 안으로 들어가니 시원하다. 다른 건물은 계곡물을 이용하여 냉방을 하려고 했으나 계곡물이 예상외로 온도가 높아 지하수를 이용하는 공사를 다시 한다고 한다. 한 시간 정도 주변 마을에 대한 이야기를 나누고 집으로 올라왔다.

옷을 갈아입고 밖으로 나가 마당에 풀을 뽑으니 남편도 따라 나온다. 올겨울 마당 공사로 인해 잔디가 비어 있는 곳에 잔디를 옮겨 심어달라고 부탁했다. 밭일하는 걸 싫어하지만 시골 출신이라 삽질하는 폼이 딱 잡혔다. 아는 것도 참 많다. 그만큼 내가 하는 게 다 시원찮아 보이니 잔소리도 많다. 내가 여기까지 와서 잔소리를 들어야겠냐고, 그냥 들어가서 잠이나 자라고 했다. 내가 시골집을 얻는다고 할 때 남편은 걱정을 많이 했다. 시골 출신들은 못살던 시절만 생각해서 그런지 시골살이에 거부감이 있는 모양이다. 막상 얻고 나서는 얼마나 견디나 두고 보자는 생각인데, 즐겁게 잘 지내는 내가 신기한 모양이다.

그러는 사이, 옆집 어르신이 와서 저 아래 복숭아나무가 있는데, 좀 있으면 물러지니 이번 주에 따라고 일러준다. 집주인에게 전화를 걸어 복숭아를 따도 되겠냐고 물으니 좋다고 한다. 열매는 크지 않고 벌레도 많이 먹었지만, 돌보지 않아도 알아서 열매를 맺은 나무가 기특하다. 따다보니 내 키 높이밖에는 따지 못하겠다. 잘 익은 것은 위에 있지만 어쩔 수 없다. 어르신에게 위쪽 것은 그냥 두겠다고 하니, "좀 남겨둬야 다른 사람이 서운하지 않지요" 한다. "제 말이 그거예요 ……."

상자에 반쯤 담아 가지고 나와서 성한 것을 골라 옆집 할머니에게 드렸다. 그리고 나머지는 잘 씻고 벌레 먹은 데를 파낸 후 먹기 좋게 잘라서 학교에 가지고 갔다. 아이들이 잘 먹는다. 먹을 게 풍성하니 인심이 후해진다.

강당 앞에는 민서맘과 별사랑이 효소와 잼, 장아찌를 팔고 있다. 나더러 손님몰이 좀 해달라고 하는데 시간이 안 맞아 별 기여를 못했다.

드디어 저녁 6시부터 여름축제 시작. 1학기 동안 아이들이 수업 시간과 동아리에서 배우고 익힌 실력을 발휘하는 날이다. 강현이가 1부 사회를 보았다. 올 초까지만 해도 수줍어하던 아이가 능청스럽기까지 하다. 어느새 아이가 이렇게 컸다. 1학년 단체 공연인 소녀시대 춤도 잘 춘다. 표정 없는 다른 아이들과 달리 웃기까지 하니 더 돋보이는 것만 같다. 1부 두 시간, 2부 두 시간이 지나고 마지막으로 밴드 공연이 시작되었다. 강현이는 1학년 밴드에서 드럼을 친다. 아이들의 흥이 절정에 다다른다. 2, 3학년 아이들은 미친 듯이 몸을 흔들어대는데 1학년은 아직 엉거주춤하다. 이 아이들도 내년이면 선배들처럼 자유로워질 것이다. 이렇게 아이들이 자라는구나 싶다.

더 이어지는 밴드 공연을 뒤로하고 부모들은 마을회관에 모였다. 먼저 한 학기 보낸 소감을 한마디씩 했다. 다들 아이들도 행복하고 부모들도 행복했다고 한다. 어느새 시간이 훌쩍 지난 것을 아쉬워한다. 아이들도 아이들이지만, 부모들이야말로 그 어느 때보다 잘 놀았으리라.

다음 날 아침 6시, 밤새 내린 비가 아침에도 보슬보슬 내린다. 창을 열고 비 오는 걸 한참 구경하다 밖으로 나갔다. 우산을 쓰고 이리저리 거닐다가 우산을 내려놓고 그냥 비를 맞으며 잡초를 뽑았다. 비가 등을 툭툭 치며 내린다. 날것 그대로의 느낌에 기분이 상쾌하다.

축제 마지막으로 밴드 공연이 시작되었다. 강현이는 1학년 밴드에서 드럼을 친다. 아이들의 흥은 절정에 다다른다.

오늘은 방학식, 아이가 9시까지 학교에 가야 한다니 시간이 없다. 아쉬운 마음으로 노작을 마무리하고 집으로 들어갔다. 옷을 갈아입을까 하다가 젖은 채로 식사 준비를 했다. 복숭아와 당근을 깎고, 콘플레이크와 식빵, 계란 프라이와 오디 요구르트 등을 준비했다. 차려놓고 보니 이게 얼마짜리 식탁이냐 싶다.

남편은 약속 때문에 방학식 끝나고 바로 올라가야 한다고 서두른다. 나만 뒷정리에 정신이 없다. 설거지와 빨래, 짐 정리를 하고, 기숙사에 올라가 아이 이불을 가져왔다.

방학식은 갖가지 종류의 시상식을 한다. 상을 여러 개 받은 아이도 있는데 우리 아이는 하나도 못 받았다. 이런들 어떻고 저런들 어떠랴. 아이가 행복하게 지냈으니 그걸로 충분하다. 올라오는 차 안에서 아이가 말한다. "한 학기가 너무 빨리 지나갔어" 학교가 그렇게 재미있는 곳이라니, 참 대단한 일이다.

보람찬 학년 말 축제

12월 셋째 주 토요일, 간디학교 겨울축제가 열렸다. 축제 때는 부모들도 와서 1박 2일을 보낸다.

선배 부모들은 재빨리 장소 예약을 마쳤다. 3학년은 마을회관, 졸업생인 5기는 게스트하우스, 2학년은 들국화네 게스트하우스를 빌렸다. 때를 놓친 1학년이 들국화에게 장소 섭외를 요청했나보다. 당황한 들국화가 우리 집을 빌려줄 수 있냐고 묻는다. 내 수준에 30, 40명은 '미션 임파서블'이다. 미안하지만 거절을 했다. 결국 9기는 들국화네 천문대를 빌리기로 했다. 이렇게 해서 간디학교 부모들과 형제자매들 100여 명이 마을에 들어왔다.

축제 시작 전 학교 여기저기에 장이 섰다. 남자아이들은 강당 앞에서 어묵을 팔고 여자아이들은 천연 비누를 팔았다. 마을 협동조합에서도 나와 효소와 고사리를 팔았다. 도서관 앞에서는 벼룩시장이 열리고, 운동장 한편 화덕 앞에서는 수연 선생님이 뱅쇼^{Vin Chaud}(과일을 넣어 끓인 뜨거운 와

축제 날, 아이들은 오늘 장사의 목적이 수익을 남기는 게 아니라
축제 분위기를 돋우면서 행복하기 위한 것이라고 한다.

인)를 만들고 있다.

우리 아이는 어묵 파는 무리에 있다. 하나에 500원이라기에 그러면 수익이 남겠느냐, 부모들한테는 1000원에 팔라고 했더니 한 아이가 그런다. 오늘 장사의 목적은 수익을 남기는 게 아니라 축제 분위기를 돋우면서 행복하기 위한 것이라고. '아, 우리 아이들이 이렇게나 자랐구나.' 부끄러운 마음과 흐뭇한 마음이 동시에 들었다.

저녁 6시부터 축제가 시작되었다. 축제는 장장 네 시간 동안 펼쳐졌다. 시작 전 프로그램을 보니 총 25개의 공연이 준비되어 있다. 학생들로 구성된 기획위원회에서 출연 신청을 받아 프로그램을 짠 것 같다. 많은 공연 중에 우리 아이는 10시에 하는 1학년 밴드에만 출연한다.

1부 공연에는 아이돌 그룹 노래에 맞춘 댄스가 압도적으로 많다. 네 번째부터는 짜증이 올라오기 시작한다. '대안학교 아이들이 한다는 게 겨우 연예인 흉내냐?' 하는 생각 때문이다. 겹치기 출연하는 아이한테는 괜히 미운 마음도 올라온다. '아이들한테까지 미운 마음이 들다니, 이 마음은 도대체 뭐지?' 다른 부모들도 슬슬 지겨운지 박수 소리가 작아지자 사회자가 한마디 한다. "저희 정말 열심히 연습했어요. 부모님들, 박수 많이 쳐주세요."

'그래, 너무 편협하게 아이들을 보고 있구나' 반성이 된다. 자세히 보니 1학년과 2, 3학년은 몸동작이 완전히 다르다. 1학년은 그저 예쁘게 보이려고 하는 반면, 2, 3학년은 자신을 과감하게 폭발시킨다. 그 차이가 어디서 오는 걸까 생각해보았다. 간디학교는 2학년 한 학기를 필리핀 캠퍼스에서 보낸다. 덥고 열악한 환경에서 4개월 동안 부모와 떨어져 살다보면 아이들은 한 차례씩 홍역을 치른다. 그러면서 자신의 고정된 틀을 깬다고 한다. 그런 차이가 아이들 동작에 고스란히 담겨 있는 것 같았다.

막간에 프로그램을 자세히 보니 2부에는 다채로운 공연이 많다. 강현이가 나오는 밴드 공연이 시잘될 때까지 집에서 쉬다 오려 했는데, 그냥 다 보자는 생각이 들었다. 2부는 기악 합주로 시작되었다. 바이올린, 피아노, 플루트, 전자기타 등의 서양 악기와 대금, 꽹과리, 북 등 국악기가 합쳐져 새로운 음을 낸다. 뒤이어 '만능이 형과 아이들'이 디아블로, 저글링, 데빌스틱, 접시돌리기, 외발자전거 타기 등의 흥미진진한 묘기를 이어간다. 2학년 학부모 합창, 선생님들의 우쿨렐레 공연, 힙합, 비보잉 공연이 자리를 뜨지 못하게 만든다. 그렇게 또 두 시간이 훌쩍 지나갔다.

드디어 기다리고 기다리던 밴드 공연이 시작되었다. 드러머인 강현이는 홍대 앞 밴드의 드러머인 들국화네 큰아들 창원이가 발굴한 신입 제자이다. 후드 티셔츠의 검은 후드를 뒤집어쓴 채 심취한 듯한 표정으로 힘차고 리드미컬하게 두드리는 모습이 낯설고도 멋지다. 아이들은 밴드 앞에서 스크럼을 짜고 펄떡거리며 환호성을 지른다. 산골짜기의 추운 겨울밤이 아이들의 열기로 후끈 달아오른다.

다음 날 아침, 10시부터 기나긴 시상식과 짧은 훈시로 마무리되는 방학식이 시작되었다. 상 이름들이 특이하다. 이것이 발표다 상(기말 발표를 잘한 사람), 메아리 상(발표 때 질문을 잘한 사람), 날적이 상(일지를 잘 쓴 사람), 생활의 달인 상(기숙사 생활을 잘한 사람), 혼자서도 잘해요(자주학을 잘한 사람), 비워야 채워집니다 상(청소를 잘한 사람), 룰루랄라 소풍 가자 상

(혼자서 잘 논 사람), 진실한 사람 상(말과 행동이 일치한 사람), 마음 자람 상, 멋있는 동아리 상 등.

강현이는 1학기 때 상을 받지 못했는데, 이번에는 룰루랄라 상을 받았다. 누가 뭐라든 신경 쓰지 않고 자기 하고 싶은 일을 한 사람에게 주는 상이란다. 축구, 드럼 그리고 리그 오브 레전드LOL. 주중에는 운동과 음악, 주말에는 컴퓨터 게임에 몰입하더니 그 결과인가보다.

방학식이 끝나자 민구와 원선이가 하룻밤 자고 가도 되겠냐고 묻는다. 그렇게 세 아이들이 방학 첫날을 우리 집에서 보냈다. 물론 게임으로 밤을 세운 모양이다. 소변 누러 마당을 들락날락하는 소리가 새벽까지 이어졌다. 말리려면 말릴 수도 있었겠지만 그냥 두었다. 충분히 공감이 되었기 때문이다.

헤어지면서 아이들에게 이번 방학에 뭐 할 거냐고 물으니, 둘 다 친구네 집에 갈 것이라고 한다. 한 학년 스물다섯 명이 전국 20여 개 지역에 살고 있으니 친구네 집을 한 바퀴 돈다면 한 달 이상 걸릴 것이다.

대안학교에 대해 사람들은 여러 가지 걱정을 한다. 동네 친구가 없어서 어떡하냐는 것도 그중 하나다. 분명 아쉬운 점이다. 그 대신 전국 어디에나 친구가 있다. 공동체 생활을 한 선배까지 합치면 먹여주고 재워줄 집이 전국에 100여 집이다. 든든한 '백'을 가진 아이들이다.

이렇게 한 해가 지나갔다. 나는 나대로, 아이는 아이대로 자신이 좋아하는 것을 발견하고 즐기고 살았다. 1학기 때도 그러더니 이번에도 시간이 너무 빨리 지나가서 아쉽다고 한다. 아이들이 방학을 싫어하는 학교의 학부모라서 행복한 한 해였다.

겨울방학 공유 여행

2월 첫째 주, 설 연휴를 보내고 2주 만에 산촌에 가려 했다. 그런데 개학을 일주일 앞두고 그 긴 방학 동안 아이랑 한 일이 하나도 없구나 싶어 급하게 여행 계획을 세웠다. 인터넷에 올라온 여러 여행지 중에 유난히 오키나와가 눈에 들어왔다. 지금 내가 하고 있는 연구 과제와 관련된 사례지가 그곳에 있기 때문이다.

처음에는 항공권+호텔 패키지를 예약했으나 생각을 바꾸어 항공권만 구입했다. 숙박은 카우치 서핑으로 구해보자 싶었다. 자기 집에 손님 초대를 꺼리는 일본인들이지만 카우치 서핑 회원들은 어디든 있을 것이라고 생각했다.

카우치 서핑은 미국에 본부를 둔 무료 민박 프로그램이다. 우리말로 하면 '과객질'이다. 배낭여행을 하는 젊은이들이 시작했지만 지금은 이용자 연령이 다양하다. 나는 김수영이라는 젊은이가 쓴 『당신의 꿈은 무엇입니까』라는 책을 통해 이 프로그램을 알게 되었다. 그녀는 1년 동안 전 세계 25개국을 돌며 365명을 만나 그들의 꿈을 물어보고 그걸 영상으로 만드는 개인 프로젝트를 수행했다. 여행 중 지갑을 도난당한 그녀는 우연히 카우치 서핑을 알게 되어 돈 없이도 여행을 계속할 수 있었다고 한다. 책을 읽고 나는 바로 회원가입을 했고, 신원 확인 절차를 거쳐 회원이 되었다. 그 후 세 명에게 잠자리를 제공하고 두 명에게는 시내 관광 안내를 해주었다.

국내에서 미리 덕을 쌓은 덕분인지, 촉박하게 보낸 요청인데도 떠나기 전에 첫 번째 답장을 받았고, 도착한 날 두 번째 답장을 받았다. 그렇게

3박 4일을 숙박비 '0원'으로 해결했다.

첫 번째 호스트는 '다쓰'라는 30대 초반의 젊은 남성이었다. 그의 집은 나하 시 도심 근처의 스튜디오 주택인데, 방 안에는 침대 세 개와 간이식탁, 간이의자 세 개가 전부였다. 그 방에서 독일 여대생을 포함한 네 명이 이틀 밤을 같이 보냈다. 과객 세 명은 침대에서 편하게, 집주인은 바닥에서 잠을 잤다. 너무도 친절한 집주인 덕분에 우리는 아무런 불편이 없었다. 와이파이마저 팡팡 잘 터져서 아이는 아주 대만족이었다. 다쓰 씨와 한동네 사는 그의 여자 친구 역시 카우치 서핑 회원이었다. 그 집에는 아일랜드, 독일, 스페인 손님이 찾아왔다. 그렇게 여러 나라에서 온 사람들이 한데 모

아이와의 오키나와 여행. 오키나와에서 이틀을 숙박비 '0원'으로 해결했다.

여 주말 밤을 같이 즐겼다.

두 번째 호스트는 '하나'라는 40대 초반 여성이었다. 집은 우루마 시의 조용한 전원 지역에 있었다. 그녀는 오키나와 시의 군 공항 근처에 살다가 항공기 소음을 피해 얼마 전에 이사 왔다며, 여분의 소파와 이불이 없으니 침낭을 가져오면 좋겠다고 했다. 그러나 따뜻한 날씨에 하룻밤 어쩌랴 싶어 그냥 갔다. 따뜻한 곳이라 해도 겨울은 겨울이라, 다다미방 바닥은 서늘했다. 아이와 나는 가져간 옷을 다 껴입은 후 담요 한 장을 나누어 덮었다. 아, 아이랑 이렇게 가까이 누워 체온을 나눈 것이 언제이던가. 생각지도 못하게 뜻깊은 시간을 보냈다. 다음 날 아침, 하나 씨는 우리에게 미안하다고 했지만, 나는 그런 기회를 준 그녀에게 깊이 감사했다.

카우치 서핑은 내게 새로운 세상을 열어주었다. 내가 시골집을 얻고 집을 공유하려고 생각하게 된 것이 바로 이 카우치 서핑 덕분이다. 자기 집, 자기 방을 기꺼이 공유하는 사람들이 세상에는 많다는 사실을 알게 된 후, 나도 넉넉한 마음을 갖게 된 것이다.

우리 집에 온 손님 중에는 싱가포르에서 온 5인 가족(부부와 5, 10, 13세 자녀 세 명)이 있었다. 그들은 2주간의 여정 중 절반을 카우치 서핑으로 해결했다. 그중 한 곳은 미국인 영어 교사가 사는 강릉의 원룸이었다고 한다. 한방에서 여섯 명이 같이 잔 경험을 이야기하면서 어른과 아이 모두 매우 즐거워했다. 그 표정을 보면서 여행자가 카우치 서핑에서 원하는 것은 좋은 잠자리가 아니라 그곳에 사는 사람들이라는 걸 알게 되었다.

나 역시 돈을 아끼자고 생각했다면 잠자리가 불편했을지도 모른다. 그러나 현지 사람들을 만나고 싶다는 생각, 아이에게 서로 돕는 새로운 세상을 보여주고 싶다는 생각 때문에 모든 것을 긍정적이고 편하게 받아들일 수 있었다. 그리고 호텔에 묵었다면 결코 얻을 수 없었을 현지 친구와 그들의 생활 방식과 삶에 대해 알 수 있었다.

　신기한 것은 거기서 만난 친구들이 나와 비슷한 성향을 가졌다는 것이다. 산촌에서 만든 애플민트차를 선물로 주면서 생태마을에 산다고 했더니 다쓰 씨는 자기도 호주의 생태마을인 크리스탈 워터스에 가본 적이 있다고 하고, 하나 씨는 우리 마을이 바로 자기가 꿈꾸는 곳이라고 한다. 그런 그들에게 우리 마을에 꼭 놀러 오라는 말을 남기고 떠났다. 돌아오고 며칠 뒤, 애플민트 향이 자기네 동네 것과 달리 그윽하다는 편지를 보내왔다.

호텔에 묵었다면 결코 얻을 수 없었을 현지 친구와 그들의 삶에 대해 알 수 있었다.

이들의 발걸음이 언젠가는 한국, 그리고 우리 마을로 향할 것만 같다. 나 역시 언젠가는 우리 집에 묵었던 친구들의 나라, 친구들의 마을에 가고 싶은 것처럼 말이다.

눈물의 졸업식

2014년 2월 15일은 간디중학교 졸업식이었다. 눈물 없이는 볼 수 없다는 간디학교 최고의 하이라이트다. 물론 전교생이 다 참석하고 1, 2학년 부모들도 많이 왔다.

졸업생은 총 스물다섯 명, 아이들 하나하나의 사진이 대형 걸개로 만들어져 강당 양편에 죽 걸려 있다. 졸업생은 작은 테이블을 둘러싸고 가족끼리 앉아 있고 1, 2학년과 그 부모들은 뒤에 앉았다. 군의원과 신안면 부면장님, 마을대표 동치미 님도 참석했다.

3학년 담임들은 눈물이 많아서 사회자에서 제외되었다는 수연 선생님의 멘트와 함께 졸업생이 만든 영상으로 식이 시작되었다. 먼저 외부에서 주는 상부터 수여되었다. 신안면 우체국장님, 아이들이 이용하는 한의원 원장님이 상을 마련해주었다. 한의원 부상은 십전대보탕! 초반부터 웃음이 넘치고 상장이 수여될 때마다 아이들이 환호성으로 축하를 해준다. 일반 학교에서는 볼수 없는 광경이라 깜짝 놀랐다.

뒤이어 교감 선생님과 마을대표, 군의원의 인사말이 이어졌다. 군의원은 지난 이틀 동안 일반 학교의 졸업식에 참석했는데, 일반 학교와 대안학교의 졸업식 분위기가 너무 달라서 놀랐단다. 그러면서 일반 학교와 같은 문화적 혜택을 받을 수 있도록 힘쓰겠다고 한다.

　잠깐 의아하다는 생각이 들었다. 간디학교는 문화 활동이 그 어느 학교보다 풍성하기 때문이다. 군의원이 말하는 문화적 혜택이란 아마 정부 지원 사업을 말할 것이다. 부모들은 교육세를 꼬박꼬박 내지만 대안학교는 급식비, 학교시설비, 특별활동비 등 국가 지원을 전혀 받지 못한다. 선진국은 홈스쿨링에도 학비를 지원한다는데 우리나라는 아직 교육의 다양성을 인정하지 않고 있다.

2014년 2월 15일은 간디중학교 졸업식이었다. 눈물 없이는 볼 수 없다는 간디학교 최고의 하이라이트다.

이윽고, 졸업장 수여식이 시작되었다. 졸업장은 아이들 하나하나의 특징을 담아 시로 쓰였다. 3학년 담임 지민 선생님은 교단에 서자마자 목이 메었고, 축구부 감독 종원 선생님도 축구학교에 진학하는 권호 앞에서 오래도록 졸업장을 읽어 내려가지 못한다. 선생님들의 모습에 내 눈가도 뜨거워진다. 드디어 눈물도 주루룩 …….

졸업하는 아이들보다 졸업시키는 선생님들이 더 우는 이유는 뭘까. 천방지축 반항기 아이들의 모습을 지켜보느라 힘들었기 때문일까? 눈물을 흘리는 내 마음은 뭘까? 대안학교를 결정하기까지의 고뇌, 1년 만에 훌쩍 성장한 우리 아이를 보며 느끼는 자부심, 아이들을 사랑해주는 선생님에 대한 믿음과 감사의 마음이 버무려진 것 같다.

졸업장을 다 받고 3학년들이 한마디씩 소감을 말한다. 내가 만든 동아리 꼭 살려라, 하고 싶은 건 원 없이 다했다, 간디학교에 보내준 부모님께 감사하다, 잘 놀고 간다 등. 주로 잘 놀았다는 이야기들이다. 큰아이가 고등학교에 진학하고 한 말이 "중학교 때 좀 더 화끈하게 놀걸"이었다. 고등학교 올라가니 입시가 부담돼서 제대로 놀 수가 없다는 것이었다. 3년 동안 잘 놀았다는 아이들이야말로 축복받은 아이들이다.

북한군도 무서워한다는 우리나라 중딩. 두뇌 발달 단계상 자기 마음을 자기도 모른다는 시기, 그 3년을 좌충우돌 살아온 아이들은 이제 각자 새로운 길로 떠난다. 자기가 뭘 하면 좋을지 자기 발견을 한 아이들은 로드스콜라, 창조학교, 국악학교, 축구학교 같은 특성화 학교로, 공부해서 대학에 가고 싶은 아이들은 인가 받은 학교로, 자기 발견의 시간을 좀 더 갖고 싶은 아이들은 다른 대안학교로, 스스로 길을 만들고 싶은 아이는 홈스쿨링으로 ……. 그렇게 갈 길을 정했다.

아이들은 꼭 꿈을 가져야 할까? 요즘 가장 '핫'하다는 어느 인문학자는 꿈을 꾼다는 것이 무서운 저주라고 말한다. 꿈이 이루어지지 않으면 평생 꿈 주변에서 배회할 것이기 때문이라는 것이다. 나의 스승 법륜 스님은 꿈이 없어 고민이라는 젊은이에게 꿈이 없는 건 좋은 것이라고 말한다. 이거 저거 아무거나 해도 좋기 때문이다.

세상 사람들 중 꿈을 이루고 살아가는 사람은 극소수다. 세상을 긍정적으로 보고 행복한 마음의 습관을 갖는다면 꿈이 없어도 잘 살아갈 것이다. 간디학교 아이들은 치고 박고 싸우면서도 친구들과 즐겁게 놀고 선생님들의 사랑을 풍족하게 받았다. 자기가 뭘 할 때 가장 즐거운지를 발견하고 좋아하는 것을 선택해서 몰두하는 시간도 가졌다.

'부모가 행복해야 아이가 행복하다'는 말을 여기 와서 처음 들은 부모들도 지난 3년을 원 없이 자~알 놀았다. 부모들은 학교가 아이를 행복하고 자발적인 인간으로 변화시키기를 바라면서 학교를 선택했지만, 학교는 부모가 먼저 행복해져야 한다고 말했다. 부모가 불안하면 아이도 불안한 법. 대안학교 와서도 부모가 여전히 불안해한다면 아이는 절대 크지 못한다고, 그러니 자식한테서 부모의 욕망을 채우지 말고 부모 스스로 행복해지라고 …….

일반 학교 졸업생처럼 간디학교 졸업생도 은둔자가 되는 아이들이 있다고 한다. 그런 경우는 부모가 자발성을 강조하는 학교 철학을 믿지 못하고 주말이나 방학에 원치 않는 사교육을 시킨 경우가 대부분이라고 한다. 엄마 아빠가 싸우면 아이들이 정서 불안을 일으키듯, 학교와 부모의 생각이

다르면 아이는 갈 길을 찾지 못하고 자기 방 깊숙이 숨어버린다는 것이다.

첫아이 낳고 8년 만에 둘째를 낳았지만 나는 여전히 철없는 엄마였다. 남편과 가사와 육아 분담을 놓고 전쟁을 벌였다. 일하면서 늘 엄마 노릇이 버거웠고, 엄마를 졸업할 날만을 손꼽아 기다렸다. 그 부담에서 해방되려고 길을 찾다 산촌유학과 대안학교를 만났고, 덕분에 이런저런 공부를 하면서 뒤늦게 철이 났다. 그리고 아이가 크기 전에 좀 더 많은 시간을 보내려고 산촌생활을 하게 되었다. 그리고 드디어 시골살이에서 행복을 발견했다.

중학교 입시 면접 때, 선생님이 내게 물었다. 아이에게 엄마 이미지를 물었더니 '무겁다'는 답이 나왔는데, 그 이유를 뭐라고 생각하느냐고 ……. 그럴 만했다. 아이 어린 시절, 부모 노릇을 그렇게 부담스러워했으니 당연한 일이다. 그러나 시골살이를 통해 내가 즐거워지고 아이에 대한 걱정이 줄어드는 만큼 아이 얼굴도 환하게 변해갔고 자신에 대한 믿음도 커져가는 것 같았다.

3년 기도가 오랜 습관을 바꾸듯, 지난 3년간 자신을 행복하게 하는 데 집중한 선배 부모들도 아마 새로운 삶을 만나게 되었을 것이다. 앞으로 어려운 일을 만나더라도 지나온 시간의 힘으로 행복해지는 길을 발견할 것이라 믿는다.

마을이 키운 청년들

3월 둘째 주 토요일 저녁, 대전 지족동 'Feel통' 소극장에서 열린 동규와 인효의 콘서트 '스무살 즈음에'를 보러 갔다. 달사랑의 큰아들 동규는 작년에 금산 간디고등학교를 졸업하고 대전에서 밴드 활동을 하다가 곧 군에 입대할 예정이다. 인효는 바닷가 고흥이 고향이고 올해 풀무학교를 졸업했다.

스무 살 두 청년은 스승을 통해 만났다. 이들의 스승은 음악가들의 조합인 '룰루랄라 음악협동조합'을 만든 분이다. 사람을 위한 음악을 만들고, 공연 수익을 함께 나누면서 음악가들이 자립할 수 있도록 돕는 협동조합이란다. 먼저 고생해본 선배들이 만든 협동조합 덕분에 이 아이들은 큰돈 없이도 앨범을 제작할 수 있었고, 공식적으로 음원도 판매하게 되었다고 한다. 이날 공연은 앨범 발매를 기념해서 열린 것이다.

강현이와 함께 소극장에 도착하니 입구부터 사람들이 바글바글하다. 안쪽으로 들어가니 달사랑네 식구들과 들국화네 두 아들도 보인다. 첫째 아들 창원이는 이번 공연에 드러머로 참여하고, 사진가를 꿈꾸는 둘째 아들 중원이는 카메라맨 역할을 한단다. 조금 있으니 둘국화와 별아띠도 들어온다. 큰손답게 관객들 간식으로 딸기 한 박스와 토스트를 준비해 왔다.

공연장으로 들어서니 객석에 이미 젊은이들이 하나 가득이다. 두 학교 선후배들이 대거 온 모양이다. 자리를 잡고 앉아 뒤를 보니 솔이네와 진민네 식구들이 손을 흔든다. 마을 밴드에 올려진 콘서트 소식을 보고 먼 길을 마다하지 않고 응원하러 온 것이다.

드디어 공연이 시작되었다. 산청 간디학교 3기인 동규가 기타를 치며 앨범 타이틀곡인 「걱정하지 마」를 부른다. 1기인 마을 최고 형님 창원이가 뒤에 앉아 드럼을 치고, 4기 종원이가 무대 앞뒤에서 카메라 셔터를 누른다. 마을의 아이들, 아니 마을의 청년들이 각자의 역할을 하며 만들어내는 무대를 보고 있으니 뿌듯하고 뭉클한 마음이 올라온다.

공연에서 부른 노래는 모두 자작곡이다. 동규의 노래는 이데아, 꿈, 나라 이해 등 청소년기의 꿈과 고민, 여자 친구와 이별에 대한 이야기를 담았고, 인효의 노래는 아궁이, 부침개, 달빛 등 시골의 정서를 듬뿍 담았다. 재미있게도 노래 가사에 달과 별 이야기가 많이 나온다. 시골에서 1년간 달과 별을 충분히 보아서 공감이 간다. 색깔이 다른 두 청년이 주거니 받거니 하면서 앨범에 수록된 노래를 다 부르고 앙코르 곡까지 부르고 공연이 끝났다. 그냥 헤어지기 아쉬운 마을 사람들을 위해 대전 시내 한 식당에서 달사랑이 한턱을 냈다. 마을 사람들은 출세한 동네 총각 덕분에 대도시 구경 나온 것을 기념하면서 즐거운 시간을 보냈다.

이번 공연을 함께 한 두 집안 청년들은 공통점이 있다. 아버지들이 서울대학을 나왔

동규와 인효의 공연. 공연에서 부른 노래는 모두 자작곡이다. 간디 3기 동규는 노래를 부르고 1기 창원이는 드럼, 4기 종원이는 사진을 찍었다.

고, 아버지가 어느 날 다니던 회사를 그만두고 귀촌을 결정해서 이곳 생태 마을로 이사를 왔다. 마을에서 간디중학교를 다니면서 공부 스트레스 없이 학창 시절을 보냈고 예술적 재능을 꽃피웠다. 고등학교 때는 외지로 나가 독립적으로 살았다. 아이들은 고등학교만 마치고 바로 자신의 삶을 열어가기로 결정했고 부모들은 아이들의 의사를 존중했다.

예고를 나와 연극영화과에 들어간 큰아이는 군 입대를 앞두고 대학이 별로 재미없다고 말했다. 그만두지 그러냐고 말했더니 연극판도 학벌이 없으면 아무것도 못하니까 계속 다녀야 할 것 같다고 말했다. 큰아이는 둘째 아이를 대안학교 보냈다고 가끔 나를 나무라기도 한다. 대안학교 나와서 뭐 해먹고 사냐는 것이다. 그런 아이에게 "경쟁을 벗어나 아이나 나나 행복하게 현재를 살려는 거야"라고 대답했지만, 사실 나 역시 미래에 대해 약간의 불안이 있었다.

그런데 마을에 와서 보니 대안학교 출신들이 어느덧 커서 자기 몫을 잘해내고 있었다. '올챙이 농부' 재영 선생님은 금산 간디고등학교를 졸업한 후 부모님 곁으로 돌아와 농사를 지으며 학교에서 농장 수업과 산악자전거를 가르친다. 드러머 창원이는 홍대 앞에서 밴드 생활을 하면서 매주 이곳 학교에 와서 아이들에게 음악을 가르친다. 싱어송라이터 동규도 자기 음악을 만들면서 학원과 모교에서 후배들을 가르쳤다. 올해 필리핀 간디학교를 졸업한 포토그래퍼 중원이는 돈 없이 살아보겠다고 선언하고 서울로 올라갔다. 그렇게 길을 만들어가는 선배들을 보니 우리 아이도 크게 걱정할 일이 없겠다는 생각이 든다. 돌아올 마을이 생겼다는 게 제일 든든한 '백'이기도 하다.

작년 이맘때 동규와 대전과 산청을 오가며 나눈 대화가 있다. 10년쯤 뒤엔 무엇을 하고 싶으냐고 내가 물었더니 동규가 대답했다. "허황되다고 생각하실 수도 있는데요. 저는 완전 자족적인 마을을 만들고 싶어요. 중원이한테도 얘기했는데 그 아이도 저랑 똑같은 생각을 하고 있더라고요." 그때 그런 생각이 들었다. '이 아이들이 도시에서 경험을 쌓고 언젠가 마을로 돌아오면 이 마을은 예술인 마을이 되겠구나.'

콘서트를 보면서 그때 생각이 떠올랐다. 그리고 글을 쓰면서 미래의 어느 한 장면이 그려졌다. 보름달 환한 밤 또는 별빛 쏟아지는 밤, 숲 속 마을에서 아름답게 펼쳐지는 음악회의 한 장면이.

새 학기의 설렘

3월 둘째 주 일요일, 아침 일찍 아이와 산촌으로 향했다. 춘삼월인데 밖에는 봄을 시샘하는 눈이 내리고 있다. 눈은 덕유산 부근에서 최고조를 보이다가 함양으로 넘어가는 터널을 지나면서 잦아들고 따스한 햇살이 비치기 시작한다. 오랜만에 다른 IC로 빠져나와 20여 킬로미터 국도를 달렸다. 이미 들판에는 마늘과 밀이 파랗게 올라오고 있다.

피시방에서 친구들을 만나기로 했다는 아이를 원지에 내려주고 마을로 올라왔다. 마당에 내려서니 매화꽃이 터지기 직전이다. 밭으로 내려가니 냉이는 꽃대가 올라오고 있고, 이름이 좀 무엇한 개불알꽃은 잎이 노랗게 지고 있다. 냉이도 이젠 마지막이구나 싶어 호미를 가져다 냉이를 한 바구니 캤다. 올해 네 번째 냉이 캐기. 냉이 캐기도 꽤 중독성이 있다.

한참을 쪼그리고 앉았다가 일어나 허리를 펴고 주변을 둘러보니 지난가을 떨어져 쌓여 있는 낙엽들이 눈에 거슬린다. 갈고리를 가져다 낙엽을 긁어모아 퇴비 더미에 쌓았다. 밖에 나와 있던 안나사랑이 다가오더니 "그냥 두지, 할 일 되게 없네" 한다. 사실 안나사랑네 밭은 깔끔하기 그지없다. 농사 전담 장인어른이 하루 내내 가꾸기 때문이다. 이전에는

새 학기 학교 마당에 벚꽃이 활짝 피었다.

안나사랑도 같이했는데, 두 사람이 농사법이 서로 달라 밭일은 완전히 장인어른에게 넘기고 안나사랑은 유정란 판매만 전담하고 있단다. 가족이라도 생각이 다르니 서로 조율이 필요하다.

오전 반나절을 밭에서 보내고 오후에 들국화네 집에 올라갔다. 지난밤 동규의 콘서트를 본 후 대전 동생네서 밤새 술자리를 하다가 이제야 집으

로 왔단다. 커피 한 잔을 마시고 나니 별아띠가 "아, 돼지감자 캐야 하는데 언제 다 하냐"며 한숨을 내쉰다. "돼지감자를 지금 캐요? 저도 한번 해볼래요" 하며 내가 먼저 나섰다.

아, 이렇게 재미있을 수가 ……. 봄볕에 풀린 땅속에 돼지감자가 줄기도 없이 여기저기 숨어 있다. 마치 보물찾기 같다. 별아띠가 아주 작은 것도 다 캐내라고 한다. 작년에 파낸다고 파내고 작약을 심었는데, 돼지감자 번식력이 워낙 강해서 계속 싹이 난다고. 캐내다 보니 어느덧 한 자루, 두 자루. 당뇨, 고혈압에 좋다며 친정어머니에게 한 자루 가져다드리라고 내준다.

봄볕에 풀린 땅속에 줄기도 없이 여기저기 숨어 있던 돼지감자를 캐냈다.

자루를 옮기려는데 아이들이 한 무리 다가온다. 이번 학기 들국화네서 홈스테이 하는 지혜와 그 친구들이다. 아이들이 별아띠에게 "배고파 죽겠어요. 치킨 시켜주세요, 네?" 하고 조른다. 별아띠가 "너희들 밥도 안 먹고 왔어? 자기 먹을 건 자기가 챙겨야지! 이렇게 굶어보는 것도 공부다" 하며 냉정하게 대한다. 계속 칭얼대는 아이들을 보다가 내가 슬쩍 "내가 라면 끓여줄까?" 하니 좋다고 한다. 사실 아이들은 내가 누구인지도 잘 모르는데 말이다. "그럼 이거 차에 실어주고 따라와" 하니 얼른 자루를 들어 차로 가져간다.

집 안에 들어가 라면을 끓이고 냉동실 찬밥을 데우고, 김치부침개를 해서 아이들 접대를 했다. 라면에는 오전에 캔 냉이도 한 줌 넣었다. 아이들은 연신 "졸지에 폐를 끼쳐서 죄송합니다. 강현이 무지무지 예뻐할게요" 한다. 아이들에게 집이 어디냐고 물으니 의정부, 벌교, 양산, 신안이란다.

나 : 벌교 살면 너 A구나? 강현이랑 같은 홈스테이지?

A : 네, 맞아요. 어떻게 아셨어요?

나 : 너는 천일염 나오는 그 신안? 그럼 B구나?

B : 네, 맞아요.

나 : 너 윤서 여친이지?

B : 우리 헤어졌어요.

나 : 아니, 왜?

B : 힝, 그런 건 묻는 게 아니에요.

나 : 너희들은 좋겠다. 이 남자 저 남자 사귈 수 있어서. 그러다보면 나

하고 맞는 사람이 어떤 사람인지 알게 되겠지. 부지런히 사귀어라.

C : 얘, 진짜 바람둥이예요.

나 : 아, 그래? 잘생겨서 그렇구나. 여자 친구 있어?

D : 있는데 곧 헤어질 것 같아요.

나 : 왜?

D : 제가 다른 아이한테 관심이 생겨서요.

나 : 너 플레이보이구나?

D : 아이, 아니에요. 전 그냥 노는 남자예요. 전 여자를 좋아해요.

암튼 잘도 사귀고 잘도 헤어지는 아이들이다. 같은 반인데 헤어지고 나면 어색하지 않냐고 물었더니 괜찮단다. 선생님들 말씀이 요즘 아이들 은 그야말로 '쿨'하다고 한다. 정말 그런지 아닌지는 아이들 맘속에 들어가 봐야 알 것이다.

그렇게 한 무리가 가고, 강현이가 또 한 무리를 이끌고 온다. 배고프다 는 아이들에게 서둘러 밥상을 차려주며 맛있는 게 없어서 미안하다고 하 자, 민구가 "우린 개밥이라도 맛있을 거예요" 한다. 음료수로 들국화가 준 맨드라미 효소를 타서 주니, "야, 너희 집은 매일 이런 거 먹냐? 진짜 부자 다!" 한다. 그렇게 한바탕 웃고 떠들며 밥을 먹고 난 후 아이들은 짐 보따리 를 둘러메고 각자 숙소로 뛰어갔다. 이번 주부터 아이들은 새 학기 새로운 보금자리로 들어간다. 민구는 준희네, 윤서는 치민네, 현준이와 강현이는 소영이네로.

이불 보따리와 옷가방을 둘러메고 옆집 밭을 가로질러 가는 아이를 나도 뒤따라갔다. 마당에서 일하고 있는 소영이네 아이셋* 님에게 우리 아이 잘 부탁한다고 인사를 하니, "어, 강현이가 집에 있지 않고 홈스테이 하나요?" 한다. "그러게요. 주중엔 제가 집에 없으니 홈스테이 해야죠."

들국화네 홈스테이에는 여덟 명의 여자아이들이 들어왔다. 작년에는 남자아이들만 봤는데, 여자아이들은 어떻게 다를지 궁금하다. 이맘때 여자아이들은 질투심이 엄청 강하고 그게 노골적으로 다 드러난다고 한다. 종종 왕따도 생기고. 올해 예쁜 신입생이 들어와서 벌써부터 남자아이들은 군침을 흘리고 여자아이들은 신경전이 대단하고, 신입생은 언니들 무서워 초긴장이라고 한다.

엄마 입장에선 아이가 안타깝고 걱정되지만 옆집 아줌마 입장에선 아이들 세상이 엄청 재미있다. 엄마일 땐 자꾸 잔소리가 나오지만 옆집 아줌마가 되면 카운슬러가 된다. 아이들도 마찬가지다. 집에선 짜증 내고 말도 잘 안 한다는 아이가 우리 집에 오면 사근사근하게 말을 잘한다. 우리 아이도 나한테는 안 하던 말을 친구 엄마한테는 잘하는 것 같다. 집에선 무의식적으로 행동하고 밖에선 의식적으로 행동하는 게 인간이라 그럴 것이다. 얼마 전 페이스북에 성미산마을 짱가* 님이 재미있는 글을 올렸다. '자식들 스와핑'하자고. 대박 아이디어다. 옆집에서 만나게 될 아이들이 궁금해지는 신학년 새 학기다.

아이들과의 사업 구상

3월 마지막 주 토요일, 3주 만에 찾은 산촌에 하루 내내 비가 내린다. 오랜만인지라 비가 와도 아랑곳하지 않고 밭에 나갔다. 밭은 냉이꽃 천지다. 줄기를 잡아당기니 쑥 빠져나온다. 추울 땐 땅바닥에 바싹 붙어 땅속 깊이 굵은 뿌리를 내리고 있더니만, 진이 다 빠진 뿌리가 마치 가는 철사 같다. 꽃을 피우자면 그렇게 속에 있는 것을 다 내주어야 하리라. 냉이 대신 이른 쑥과 도랑 가 미나리를 뜯었다.

자연은 타이밍이다. 하루하루 변하는 자연은 사람을 그냥 놔두질 않는

초봄, 드디어 땅을 박차고 올라온 페퍼민트를 땄다.

다. 3월 초부터 시작한 딸기 잼 만들기. 딸기를 농장에서 가져오면 짓무르기 전에 빨리 꼭지를 따야 한다. 들국화가 가져온 이번 주 딸기는 파지가 아니라 내다 팔아도 될 만큼 좋다. 왜 이런 걸로 잼을 만드냐고 물으니, 딸기를 따놓았는데 선과할 사람이 없어서 그렇단다. 농번기가 시작되니 일손이 달리는 것이다. 그 많은 백수는 다 어디서 뭐 하나 싶다. 비 오는 밤,

들국화네 별채에 앉아 딸기 한 줌을 안주 삼아 와인을 홀짝이며 두 박스를 땄다.

일요일 오전엔 들국화네 마당에서 원추리 따기. 이번 주만 지나면 잎이 억세져 못 먹는다고 한다. 자르고 다듬고 씻기 3종 세트를 거쳐 소금물에 절여두었다가 간장에 담가 장아찌를 만든다. 다음 주엔 비비추. 가을이 되면 들국화는 그렇게 만든 장아찌를 친지들에게 대방출한다. 왜 일을 만들어 하냐고 물으니, 어릴 때부터 본 게 그거고 그렇게 나누는 게 사는 즐거움이란다.

오후엔 애플민트와 페퍼민트 따기. 민트차는 작년 늦여름부터 만들어 인기를 끌었다. 여기저기 선물로 나눠 주고 없어서 잎이 올라오기만을 기다렸다. 초봄, 드디어 땅을 박차고 올라온다. 초겨울까지 잎이 올라오니 생장 기간이 엄청 긴 식물이다. 올해 본격적으로 민트 상품을 만들어보자는 생각을 하고 즉석에서 사업단을 구상했다. 홈스테이 여학생 두 명을 영입해서 하루 30분 민트를 따서 말리고 주말에 같이 포장한 후, 천문대 손님, 학부모, 읍내 카페 등에 소개하는 것이다.

잔디밭에 앉아 애플민트 잎을 따고 있는데 여학생 두 명이 올라온다. 일단 불러 세우고 좀 도와달라고 했다.

"얘들아, 이런 단순 작업하면 정신 건강에 좋아. 왜 그런지 알아?"

"아무 생각이 없어지잖아요."

"와, 똑똑하네! 얘들아, 우리 애플민트 사업 같이 해보지 않을래? 한 병에 만 원은 받을 수 있어."

"정말요? 저 할래요, 일단 이름이 맘에 들어요. 세련됐잖아요. 냄새도 좋네요."

돈 이야기에 바로 반응이 온다. 이렇게 두 명을 민트사업단에 영입했다. 간디농장 수업을 하는 재영 선생님은 올해 수업에서 닭 50마리를 기를 것이라고 한다. 본격적으로 유정란을 생산, 판매하고 아이들에게 수익을 배분한다는 것이다. 아이들은 스스로 돈을 벌 수 있다는 사실에 꽤나 흥분한다. 뭔가를 자기 힘으로 해냈다는 성취감 때문일까.

학교에는 올해 또 한 가지 새로운 수업이 생겼다. 바로 마을 프로젝트다. 강현이가 그 수업의 '짱'이 되었단다. 뭘 할 거냐고 물으니 마을 가꾸기와 일손 돕기, 일 배우기 등 여러 가지를 계획했다고 한다. 재미있을 것 같다는 기대도 덧붙이고. 시골 아이들은 부모가 일하는 모습을 늘 보고 사니 부모에게 감사하고, 부모를 돕다보면 저절로 삶의 기술을 익히게 된다. 도시 아이들은 부모 일터가 집 밖에 있으니 부모가 얼마나 힘들여 일하는지 알 수 없고, 부모가 벌어다 주는 돈이 없으면 아무것도 할 수 없다고 생각한다. 노숙자들은 주로 도시 출신이란 말도 있다. 도시 아이들이 마을 일을 돕고 주민들에게 일을 배운다면 삶에 대해 좀 더 자신감을 갖게 되리라.

마을 프로젝트 수업에서 아이들이 마을회관 앞에
화단을 만들고 있다.

『왜 부자들은 모두 신문 배달을 했을까 라는 책을 보면 아이들의 자립심을 길러주는 데는 청소년기 알바가 최고라고 한다. 세계 최고 갑부 워런 버핏도 어린 시절부터 코카콜라를 팔고 신문 배달을 해서 돈을 모았다고 한다. 그렇게 하는 데는 그의 부모의 역할이 컸는데, 그들은 아이들에게 절대로 공짜 돈을 주지 않았다고 한다. 책을 읽고 나도 아이에게 알바를 시켜야겠다고 생각했다. 작년 초 방문한 딸기농장에 알바거리가 있다기에 주말에 가서 일하라고 했더니 좀 더 있다가 하겠다고 했다. 그러다 여름부터 옆집 천문대에서 청소 알바를 시작했다.

학부모 연수 때 학교에서는 아이들에게 용돈을 많이 주지 말라고 당부했다. 한 달 4만 원이면 족하다고. 마음 약한 부모들은 그 한도를 지키기가 꽤나 어렵다. 2주 만에 만나면 아이가 원하기도 전에 비싼 걸 사다 바친다. 아이들은 간절히 원하는 게 아니니 잃어버리고도 애써 찾지 않는다. 우리 아이도 내가 장만해준 재킷을 두 벌이나 잃어버렸다. 찾아오라고 시켰지만 못 찾겠단다. 애정이 없는 것이다. 이후 결심했다. 아이가 간절히 원할 때만 사 주거나, 정말 갖고 싶은 건 본인이 벌어서 사라고 하겠다고.

예전보다 풍족한 시대, 내가 못 가졌던 것을 자식에게는 해주고 싶은 게 부모 맘이지만, 아이들의 자립을 생각한다면 사랑에도 자제가 필요한 것 같다. 유튜브에서 우연히 들은 개그맨 이성미 씨의 말이 생각난다. 기도 중에 외국 대학에 입학하는 아들과 같이 살지는 못하지만 돈이라도 대주고 싶다고 하자 하느님이 말씀하시더란다. "네 아들이 받을 축복을 네가 가로채려 하느냐?" 돈 한 푼 받지 않은 아들은 일식집 알바로 학비를 벌다가 4년 장학금을 받았다고 한다.

아침 출근길 라디오에서 OECD 국가 중 우리나라 자살률이 1위라는 뉴스를 들었다. 그중 최고가 노인 자살이란다. 나이 들어 병들고 아픈데 돈은 없고 자식은 돌보지 않는다는 것이다. 수명 백세 시대, 자식에게 무한 투자를 하다가는 빈털터리 노년이 되기 쉽다. 품위 있게 늙어가려면 자식의 자립심을 길러주는 게 최고인 것 같다. 장기적으로는 자식도 가난한 부모를 걱정할 필요가 없으니 서로에게 좋은 길이다.

간디 농장 수업 시간에 아이들이 닭장을 만들고 있다.

아들의 연애

2학년 1학기 개학 이후 강현이는 같은 반 현희와 사귀는 중이다. 겨울방학 전에 고백해서 사귀다가 개학 직전 헤어졌는데, 개학 한 달 만에 다시 시작했다. 서로 자기가 차였다고 생각한 모양인데, 강현이가 다시 만나자고 했단다.

4월 셋째 주 일요일 저녁, 아침부터 읍내에 놀러 나간 아이가 저녁밥 먹으러 올 때가 되었는데도 오지를 않는다. 홈스테이 체크인 시간인 8시가 넘어도 소식이 없다. 시간이 없어 그냥 들어갔나 싶어 만들어둔 샌드위치를 싸 들고 아이가 머무는 소영이네 집으로 갔다. 방문을 열고 강현이 있냐고 물어보니 아직 안 들어왔단다. 길이 엇갈렸나 싶어 급히 집으로 향했다. 들국화네 집 근처에 오니 홈스테이 입구로 들어가는 두 명의 실루엣이 보인다. 이번 학기 들국화네서 홈스테이 하고 있는 현희와 강현이다.

순간, 기분이 묘하다. '홈, 데이트하느라 늦으셨군.' 모른 척 지나쳐 집으로 들어왔다. 잠시 후 아이가 들어온다. 뭐 하다 이제 왔느냐고 물으니 어물거린다. 그래도 얼굴은 밝다. 아이는 배고팠는지 만들어둔 샌드위치를 맛있게 먹고 홈스테이로 갔다. 나중에 별아띠에게 들으니, 아이가 밤 9시 넘도록 천문대 주변에 있더란다. 홈맘에게 눈도장 찍고 다시 야간 데이트를 하러 나온 모양이다.

들국화네 홈스테이에는 방이 세 개인데, 두 개는 앞마당을 향해 있고 하나는 뒷마당 쪽에 있다. 오랜 홈맘 경험으로 연애하는 아이에게는 뒷방을 준다. 그래야 연애 못하는 아이들의 시기심을 막을 수 있고, 야간 데이트도 어느 정도 허용해줄 수 있다는 것이다. 산촌 아이들의 데이트는 학교에서 귀가하는 저녁 9시에 남자아이가 여자아이를 홈스테이까지 바래다주는 것, 홈맘에게 눈도장 찍고 밤에 몰래 빠져나와 야간 데이트를 즐기는 정도다.

큰아이 여친을 처음 보던 날이 생각난다. 중·고등 시절 본격 연애 한 번 못하다가 대학교 1학년 말에 여친이 생겼다. 군 입대 전 아이가 출연하는 연극 공연을 보던 날 극장에서 그 여친을 처음 보았다. 앞줄에 앉은 그 아이를 보는 내 느낌이 내내 묘했다. '뭐지?' 한참을 생각해보았다. 그러고 떠올린 느낌은 바로 '질투'였다. 그걸 알아차리는 순간, 세상의 모든 시어머니가 며느리에게 가지는 느낌, 애지중지 키운 아들을 다른 여자가 채 갔을 때의 그 서운함이 한꺼번에 이해됐다. 마음을 알아차리고 나자 아들 여친을 바라보는 눈이 한결 편해졌다. 그 아이를 무조건 예쁘게 보아주자는 생각이 들었다.

질투라는 힘든 감정은 부모 자식 간에도 어김없이 나타난다. 큰아이 초등 시절인가, 아이들이 나와 함께 있는 모습을 보고 남편이 했던 말이 생각난다. "너희들은 엄마가 있어서 좋겠다." 아빠란 사람이 무슨 저런 말을 하나 싶었는데, 그때 남편이 아들들에게 느낀 감정이 질투 아닐까. 아니라고 부정하겠지만 어쩔 수 없는 인간적 감정일 것이다. 아빠들이 딸의 남친에게 느끼는 감정은 엄마들보다 더한 것 같다. 세상의 모든 남자들을 늑대라고 경계하라고 하니까 말이다. 남자아이들은 여친의 아빠가 자기를 경계하는 걸 직감적으로 아는 것 같다.

두 아들의 여친을 경험하고 나니, 아이가 이성에 눈뜨는 사춘기가 되면 부모가 빨리 아이에게서 정을 떼는 게 좋겠다는 깨달음이 온다. 아직도 내 아들이라고 착각하다가는 괜히 마음의 상처만 받을 테니 말이다.

들국화네 홈스테이 여자아이들과 민트 잎을 따면서 연애 경험을 물어본 적이 있다. 3학년인데 아쉽게도 아직 연애를 못한 아이들이 꽤 된다. 주로 남자아이들의 고백으로 연애가 시작되는데, 아직 고백을 못 받아봤다는 것이다. 재미있는 건 연애는 하는 아이들만 계속한다는 사실이다. 연애 잘하는 아이들은 헤어져도 금세 새로운 연애를 시작한다. 한 번 마음의 문을 연 아이들은 누구와도 쉽게 사귀는 모양이다. 아이들도 나에게 집중포화를 퍼붓는다. 언제부터 사귀었느냐, 어떻게 고백을 받았느냐 등.

며칠 전 중간 면담 시간에 담임 선생님이 그랬다. 요즘 우리 아이가 매일 웃고 지낸다고. 아이들이 시비를 걸어와 짜증 낼 만한 상황인데도 그냥 웃어넘긴다고 한다. 그동안은 남 앞에 서는 걸 꺼렸는데 올해는 여러 개 감투도 기꺼이 맡고 있단다. 매사에 긍정적이고 적극적으로 되고 하루하루가 즐거워지는 것, 자기가 좋아하는 사람이 자기를 좋아해줄 때 갖게 되는 자신감과 여유로움, 바로 연애의 힘이다.

들국화도 말하길, 연애를 하는 아이들과 하지 않는 아이들은 그 느낌이 완전히 다르다고 한다. 연애하는 아이들은 혼내도 생글거리고 밝은 반면, 연애하지 않는 아이들은 매사에 불만이고 폭발 직전 같단다. 이몽룡과 성춘향이 열애하던 시기의 몸을 가진 아이들, 그 넘치는 에너지를 발산하는 데는 연애만 한 것이 없나보다.

〈세상을 바꾸는 시간, 15분〉이라는 프로그램의 스타 강사 김창옥은 '놀던 여자가 잘되는 이유'를 감수성이라고 말한다. 놀아봐야 사람들이 어떻게 다른지, 어떤 사람이 나에게 맞는지, 좋아하는 사람에게 맞추려면 어떻게 해야 하는지 배울 수 있을 것이다. 놀아본 만큼 소통 능력이 커진다는 말이리라. 우리 아이들이 너무 두려워 말고, 너무 재지도 말고 가벼운 마음으로 사람 만나는 연습을 해보았으면 좋겠다.

5월의 아이들과 선생님

5월 셋째 주 토요일, 잔디구장이 있는 진안 용담체련공원에서 간디중학교 축구대회가 열렸다. 금산, 제천, 산청에 있는 3개 간디중학교는 매년 5월 셋째 주 토요일에 친선축구대회를 연다. 축구를 좋아하는 아이는 작년부터 2년째 선수로 뛰고 있다.

아이는 초등학교 4학년 때 간디학교 축구캠프에 다녀오더니 완전히 축구에 빠졌다. 대안학교에서 하는 캠프를 찾다가 간디의 축구캠프를 보고 좀 놀랐다. 대안학교에서 하는 캠프라면 자연캠프나 독서캠프 정도만 생각한 것이다. 더구나 나는 2002년 월드컵도 안 볼 정도로 축구에 관심이 없는 사람이었다. 신기하기도 하고 아이가 좋다고 하니 보내게 되었다. 그리고 간디학교에 진학하면서 왜 대안학교에서 축구를 하는지 알게 되었다.

간디학교의 철학 중 하나는 건강이다. 건강한 몸에 건강한 마음이 깃드는 법. 청소년기의 넘치는 에너지는 운동으로 발산해야 한다는 것이다. 때로는 격렬한 운동도 필요하다고 한다. 미국이나 유럽의 청소년들은 다양한 야외 스포츠로 몸을 쓰는 데 비해 우리나라 청소년들은 하루 내내 책상에 붙어 있는다. 주의력결핍 과잉행동장애[ADHD]라는 신종 질환과 왕따와 폭력 등 학교 내의 부정적인 일들은 혈기왕성한 아이들의 몸을 좁은 교실 안, 좁은 의자 위에 묶어둔 결과일지도 모르겠다.

오전 10시, 개회식이 시작되었다. 먼저 세월호 희생자들을 위해 잠시 묵념을 했다. 그리고 조용히 행사를 치르기 위해 응원할 때 북과 꽹과리를 사용하지 않기로 했다.

첫 번째 시합은 산청 대 금산 여자 축구. 한 달 동안 새벽에 나가 연습한 실력을 발휘하여 다들 열심히 뛴다. 중간에 아이 여친인 현희 다리에 쥐가 났다. 절뚝거리며 들어오는 여친을 강현이가 얼른 부축해 앉히더니 열심히 다리를 주무른다. 아, 저런 모습이 있을 줄이야 ……. 옆에 있던 엄마들이 "이제 아들은 남이야" 놀려댄다.

두 번째 시합은 산청 대 금산 남자 축구. 작년에는 산청 아이들의 체격이 월등히 컸는데 올해는 금산 아이들이 더 크다. 체격 차이 때문인지 산청은 금산의 공격을 막아내느라 바쁘다. 공격수인 강현이는 골 한 번 잡기가 여의치 않다. 결과는 금산의 승리다.

점심 먹고 이어진 제천과의 경기에서는 산청이 이겼다. 그 경기에서 강현이가 골을 두 개나 넣었다. 한 골은 절친 윤

산청, 금산, 제천 간디중학교는 매년 5월 축구 리그전을 연다.

서의 어시스트를 받아서, 또 한 골은 드리블로 수비를 제치고서. 머리를 쥐어뜯으며 환희에 넘치는 표정이라니 ……. 나 역시 몸이 저절로 솟아오른다.

같은 날 다른 장소에서는 3개 간디고등학교 간 축구시합이 열렸다. 간디 아이들은 3개 학교가 매년 교류 활동을 한다. 지난 주말, 2학년 아이들은 금산으로 1박 2일 교류 활동을 다녀왔다. 2학기에 필리핀에 같이 가는 아이들을 만나 같이 자고 같이 밥 먹으며 얼굴을 익히는 시간이다. 교류 활동을 하면서 아이들은 서로의 차이점과 자기의 좋은 점을 발견한다. 같은 간디학교지만 지역에 따라 조금씩 다르다. 같으면서도 다른 점이 참 재미있다.

주말 축구시합의 피로가 가시기도 전인 다음 주 월요일, 아이들은 2박 3일간의 체험학습을 떠났다. 부산여행, 자연여행, 자전거여행, 추억여행, 캠핑 등 아이들이 주제를 정하고 1, 2, 3학년이 한 팀이 되어 스스로 일정을 짰다. 숙소 잡기, 식단 짜기, 준비물, 발표 자료 작성 등에 대해 역할 분담을 하고 예산 계획도 세웠다. 우리 아이는 친한 친구들과 캠핑을 하자고 해놓고는 여친을 따라 추억여행으로 바꿨다고 한다. 또 축구시합 이틀 전에는 밴드 연주와 춤, 노래 등 동아리에서 갈고닦은 실력을 발휘하는 동아리축제가 열렸다.

일요일 저녁, 집 앞 골목에서 데이트하던 3학년 밝음이, 2학년 윤서 커플이 머리에 마거리트(나무쑥갓) 꽃을 한 송이씩 꽂고 우리 집에 놀러 왔다. 겨울방학 때 검정고시 준비한다고 헤어졌던 커플이 며칠 전부터 다시 만난단다. 밝음이에게 검정고시는 왜 보았냐고 물어보니 일반 고등학교에 갈 것이라고 한다. 일반학교는 공부만 하면 되는데 대안학교는 프로젝트 수업, 자기 주도 학습, 축제 준비 등 할 게 너무 많아서 힘들다면서. 아이들은 아침 7시 30분 아침 식사를 시작으로 밤 9시 묵학으로 하루를 끝낸다. 다채로운 생활을 소화하려면 하루해가 부족한 나날들이다.

아이들도 아이들이지만 선생님들의 에너지가 더 대단하다. 간디학교 교사는 간디교사대학원을 통해 양성한다. 이 과정은 대안적 삶에 관심이 있는 일반인과 학부모도 많이 수강을 한다. 나도 2년 전 기초 과정을 들었다. 마지막 수업에 간디학교 설립자인 양희규 선생님이 왔다. 그때 내가 물었다. 40, 50대도 교사가 될 수 있느냐고. 단호하게 불가능하다고 했다. 아이들과 놀 줄을 모른다면서. 그 말이 내겐 아이들의 에너지를 감당하기엔 역부족이라는 말로 들렸다. 가까이서 학교생활을 들여다보니 정말 웬만한 체력으로는 어림도 없어 보인다.

일반 학교에서는 볼 수 없는 수업 하나하나에서 아이들의 자발성을 이끌어내고 마무리하도록 격려하는 일만 해도 대단한데, 그 많은 행사를 뒤에서 지원하고, 기숙사 야간 당직과 주말 당직까지 서야 하는 대안학교 선생님들. 양희규 선생님이 『꿈꾸는 간디학교 아이들』이라는 책에서 말하는 대안학교 교사의 조건은 '세속적 욕망이 없을 것'이다. 자기주장이 강한 학부모들의 등쌀과 박봉을 견뎌내는 힘은 돈과 지위가 아니라 아이들과 함께하는 행복일 것이다. 5월을 지나며 그분들에게 무한한 존경을 보낸다.

음주의 뒤끝

6월 둘째 주 일요일 아침, 들국화네 천문대에서 차 한잔하고 있는데 문 선생님과 아이들 한 무리가 천문대로 올라온다. 오늘의 노작 일꾼들이다. 나도 일꾼 두 명을 신청했기 때문에 얼른 내려갔다. 문 선생님이 "강현이네 갈 사람?" 하니 서너 명이 손을 든다. 그중 동현이와 민성이를 지명했다. 전날 미리 우리 집에 오라고 말해둔 아이들이다.

이날 노작은 '5·19 페트병 사건'의 벌칙이다. 5월 19일 월요일, 3박 4일 체험학습을 떠나는 날 아침에 반달 선생님의 전화를 받았다. 기숙사를 정리하다가 우리 아이 사물함에서 맥주 페트병 두 개를 발견했다고 한다. 강현이 말로는 집에서 먹던 걸 가져왔다고 하는데 사실이냐고 물었다. "아마 아닐 거예요. 집에 맥주가 많거든요."

체험학습을 마치고 온 아이에게 말했다. "호기심 넘치는 나이니 그럴 수 있다. 학교 규칙을 어겼으니 하마에 올라갈 것이다. 솔직하게 말하고 주는 벌 달게 받아라." 저녁때 맥주를 마시면서 아이에게도 한잔 권했다. 전에는 쓰다던 아이가 단숨에 들이켠다. '어, 언제 이렇게 됐지?'

일주일 뒤 토요일에는 운동회가 열릴 예정이었다. 그런데 금요일 오후 운동회를 취소한다는 전갈을 받았다. 음주 사태가 생각보다 심각하다고 한다. 장장 4일, 열 시간에 걸친 식구총회(학생회의) 결과를 학교 홈피에 올려놨으니 보란다. 떨리는 마음으로 회의록을 열었다. 음주는 학기 초부터 총 10여 회가 넘었다. 우리 아이도 6회나 되었다. 술 공급원은 마을회관과 바로 우리 집이었다.

3월 초, 부모 모임 후 남은 맥주 한 박스와 소주 한 박스를 우리 집에 보관하게 되었다. 마루에 두고는 어떠한 조심도 하지 않았다. 그런데 드나들던 아이들이 그걸 눈여겨본 것이다. 평일에 들렀다가 마시기도 하고, 기숙사에 가지고 가서 마시기도 했단다. 마을회관 냉장고에도 술이 있었는데, 그것도 가져다 마셨다고 한다. 문을 잠그지 않고 사는 마을의 특성이 아이들에게 견물생심을 일으킨 것이다.

왜 아이들이 술을 마셨을까? 결론은 부모들이 술을 너무 사랑했기 때문이었다. 부모들이 좋아하니까 아이들도 따라 했을 뿐이다. 학교 행사에 부모들이 오면 항상 마을회관에서 뒤풀이가 열렸고, 그 자리에는 술이 넘쳐났다. 먹을 것을 찾아 들락날락하는 아이들이 그 모습을 늘 본 것이다.

그렇긴 해도 음주 6회는 충격적이었다. 아이에게 무슨 말을 해야 하나, 금요일 저녁 마을에 오는 내내 고민이 되었다. 집 나들이 신청을 했는데 밤이 깊어도 아이가 집에 오지 않는다. '흠, 겁나긴 한가보군.' 토요일 아침 잡초를 뽑으며 이리저리 생각을 해보았다. '그래, 술을 즐길 정도로 아이가 컸구나. 이젠 어른 대접을 해야겠다'고 마음 정리를 했다.

잠시 후 들국화네 집으로 올라가니 들국화는 재미있어 죽겠다고 난리다. 그런 일이 있어야 나중에 추억거리가 있다면서. 한창 수다를 떨고 있는데 집으로 올라오는 아이 모습이 보인다. "음주 6회, 이리 와봐. 네가 술을 즐기는 걸 보니 이제 다 큰 것 같다. 내 이제 너를 어른 대접하기로 했다." 옆에서 들국화도 거든다. "나도 이제 너를 어른 대접할 거야. 전에는 어리다고 봐줬는데 이젠 아니야. 청소 알바 매주 오도록 해!" 아이가 알겠다고 한다.

토요일 오전의 운동회는 학교 측의 음주 사태 경과 보고로 변경됐지만, 저녁의 학부모 연수는 예정대로 진행되었다. 강사로 나온 여태전 선생님은 일반 학교, 산청 간디고등학교, 태봉고등학교 교장을 거쳐 현재 상주중학교 교장이다. 강의 주제는 '인문학적 소양과 상상력 기르기'다. 주제에 걸맞게 이번 음주 사태를 새롭게 해석한다. 선생님들 몰래 술을 마시면서 아이들이 느꼈을 스릴을 상상해보라고, 그 마음을 한번 느껴보라고 한다. 아이들은 기다리고 또 기다려줘야 한다면서.

　　다음 날 아이에게 술 마실 때 기분이 어땠느냐고 물었다. 술맛보다는 술 마시는 분위기가 너무 좋았다고 한다. 많이 얘기하고 많이 웃었다면서. 그랬구나. 너희들 술 마시는 이유도 어른들과 다르지 않구나. "늘 네 앞에서 술을 마셨으니 내 잘못이야. 앞으로는 절대 네 앞에서 술 마시지 않을게. 너도 입학할 때 서약한 게 있으니 학교와 마을에서는 절대 마시지 않길 바란다."

　　음주한 아이들은 식구총회 결의를 통해 다양한 벌칙을 받았다. 원지 도보(왕복 20킬로미터), 마을 노작, 외부 노작, 지리산 종주 등. 5월 말부터 아이들은 시간 되는 대로 벌칙을 수행하고 있다. 땡볕 쏟아지는 토요일 오후, 도보에 나선 아이들 얼굴이 해맑고 신나 보인다. 도보 중간에 피시방까지 다녀왔단다. 반성하고 자숙하기를 바라는 부모들은 배신감을 느꼈다. 주중엔 아랫마을 양파밭 노작을 다녀왔고, 이번 토요일에는 지리산 종주를 했다. 한 아빠의 제안으로 아빠들이 동참했다. 아이들과 함께하고픈 다섯 명의 엄마들도 가세했다. 벌칙이 졸지에 소풍이 되었다. 엄마들도 천왕봉까지 가고 싶었으나 날아다니는 아이들에게 폐가 될까봐 법계사까지만

음주 사태 벌칙 수행을 위해 휴일 이른 아침부터 아이들이 마을 노작에 나섰다.

다녀왔다. 하산 후 엄마들은 우리 집에서 뒷담화 캠프를, 아빠들은 진주 회장님네서 뒤풀이를 했다. 아이들 덕분에 부모들이 더 즐거운 날이 되었다.

아이들은 지리산 종주 후 학교로 돌아와 축구에 수영까지 3종 경기를 하느라 노곤해진 몸을 이끌고 다음 날 아침부터 노작 수행에 나섰다. 일을 시작하기 전에 차를 마시며 두 아이에게 비폭력 대화 카드로 느낌과 욕구를 찾아보라고 했다. 둘 다 피곤하지만 상쾌하다, 휴식과 재미가 필요하다고 한다.

이 두 명은 지난 주 열린 하마의 주인공들이다. "서로 짜증 나는 사이다. 2학기 때 필리핀에서 어떻게 네 달을 같이 보낼지 걱정된다"고 말하던 아이들이다. 먼저 마당의 잡초 베기부터 시켰다. 둘 사이를 어떻게 풀어갈지 고민하고 있는데, 둘이 나란히 앉아서 소곤거리며 일을 한다. 어, 이거 뭐지? "둘이 짜증 나는 사이 아니냐?'고 물으니 아니란다. 헐~ 마음 나누기, 상대 장점 열 가지 쓰기, 작은 방에서 둘만 자기 등의 벌칙을 수행하면서 아이들 마음에 무슨 일이 생겼나보다.

이날 다섯 시간의 노작으로 우리 집 마당은 새롭게 태어났다. 막판이 되면서 아이들 자세가 진지해진다. 잡초 더미를 옮기던 민성이가 가위로 나뭇가지를 손질하던 동현이에게 일을 바꾸자고 하니 동현이 왈, "내가 최고의 정원사가 될지 어떻게 알아?" 하면서 하던 일을 계속한다.

들국화네서 일하던 다섯 아이들은 노작 후 돈을 걷어 치킨을 먹기로 했단다. 돈이 없다는 동현이와 민성이에게 "내가 가불해줄 테니 다음 주에 또 와서 일할래?" 물으니 좋다고 한다. 그러나 결국 들국화의 제안으로 민트차 판매한 돈에 두 아줌마의 쌈짓돈을 보태어 치킨값을 마련해주었다.

고픈 배를 참으며 학수고대하던 파란색 치킨 차가 한 시간 만에 집 앞에 당도하자 아이들이 환호성을 지른다. 거실에 상을 차려주고 치킨 박스를 여니 세상이 순식간에 조용해진다. 아이들이 치킨에 콜라를 마시는 동안 어른들은 한편에서 아이들 몰래 맥주를 마셨다. 여름날 땀 흘린 후 먹는, 세상에서 제일 맛있는 맥주를.

도보, 지리산 종주, 노작을 통한 땀과 우정과 즐거움을 준 음주 사태. 어른들의 자세도 되돌아보게 해준 값진 기회를 준 음주 사태. 이런 음주 사

태라면 한 번 더 일어나도 괜찮겠다는 생각이 들었다. 어른들은 아이들을
통해 또 한 번 배웠다.

우리나라 대안교육의 모순은 아이의 자유와 행복을 위해
부모들이 경쟁 사회에서 계속 돈을 벌어야 한다는 것이다.
나 역시 제일 걸리는 것이 아이의 학비였다.
이 모순을 어떻게 해결할 것인가.
방법을 찾아보니 대안교육에도 여러 가지 길이 있었다.
인가형 대안학교, 밥값만 드는 공립대안학교, 집에서 다니는 대안학교 등.

5장
마음을 정하다

갈등이 준 기회

5월 황금 연휴 동안 비폭력대화센터에서 열린 중재 교육에 참여했다. 5월 초 산촌의 찬란한 유혹을 뿌리치고 실내 교육을 선택하기란 결코 쉽지 않았다. 그러나 회사 업무상 갈등으로 내면의 에너지가 고갈된 듯한 느낌이 적지 않았기에 힘겹게 유혹을 물리쳤다.

1주일 전에 회사에서 업무평가를 둘러싸고 논쟁이 생겼을 때 내 입장만을 내세우는 폭력 대화를 일삼았다. 우리 연구단이 하는 일에 대해 최소한이라고 생각하는 점수를 요구했지만, 상대측에서는 다른 업무와의 형평성을 들어 무리라고 했다. 연초부터 너댓 차례 우리 입장을 얘기했는데도 우리 이야기를 전혀 들어주지 않았다는 생각에 심적으로 더 많이 지쳤다.

회사란 자신의 필요성을 입증해야만 생존할 수 있는 조직이다. 한 땀한 땀 손길로 만들어지는 명품처럼 1점, 2점을 모아서 연말 평가를 받는다. 조직원들이 느끼는 만족도는 일 자체보다는 점수와 평가를 통해서 얻어진다. 나 혼자라면 주는 대로 받고 꼴찌 해버릴 수도 있다. 그러나 '장'의 위치에 있으니 고생하는 후배들에게 처음에 일 시작하면서 약속한 보상을 해주어야 한다는 압박감이 있었다.

점수 논쟁을 벌이는 동안 피로감이 몰려왔다. 먹고사는 게 꼭 이런 방법만 있는 건가. 점수 갖고 싸우느니 시골 가서 아이 밥이나 해주는 게 의미 있겠다는 생각이 들었다. 경제력을 중요시하던 내가 이런 생각을 하게 된 건 분명 지난 1년간의 산촌생활의 영향이 컸다. 그러나 쉽게 결정할 일은 아니었다.

답을 찾아야겠다는 생각이 들었다. 그런 찰나에 비폭력대화센터의 뉴스레터를 받았다. 열어보니 주말에 중재 교육이 있다. 바로 센터에 전화를 걸었다. 마감이 되었으나 혹시 모르니 연락을 주겠단다. 다음 날 참여하라는 연락이 왔다.

교육을 시작하면서 강사가 현재의 느낌과 욕구를 물었다. 나는 내면의 갈등을 중재하고 싶다고 말했다. 남과 경쟁하면서 회사를 계속 다닐 것인가, 하고 싶은 것을 하면서 자유롭게 살 것인가. 그러나 이날의 교육은 1단계로, 나와 상대편의 갈등을 다룬단다.

중재는 갈등 당사자들이 상대를 비난하는 말을 듣고 이를 느낌과 욕구로 통역해주는 과정이다. 비난 대신 욕구를 말하면 상대의 마음이 어느 순간 가라앉는다. 중재는 이렇게 두 사람의 내면적 욕구를 중심으로 둘 다 만족하는 해법을 찾아나간다.

참가자들은 생활하면서 겪은 갈등 리스트를 작성하고 그것을 사례로 중재 연습을 했다. 과정을 통해 알게 된 놀라운 점은 가족 간의 갈등이 가장 깊고 큰 스트레스라는 사실이었다. 10대 아들과 엄마, 20대 아들과 아버지, 30대 언니와 동생, 50대 딸과 엄마 등 ……. 참가자들은 자기의 느낌과 욕구를 공감 받고 상대의 느낌과 욕구를 찾아나갔다. 그 과정에서 해법이 자연스럽게 찾아졌다.

갈등이란 두 사람의 생각이 부딪혀서 생기는 것이고, 중재는 두 사람의 생각과 욕구가 서로 다르다는 것을 알아가는 과정이다. 사람들은 "생각은 각자 다르다"고 말한다. 그러나 생각이 다르면 배척하거나 화를 내는 게 현실이다. 나도 회사 내의 갈등 사례를 내놓고 상대의 욕구가 무엇인지

비폭력대화센터에서 중재 교육을 받았다. 이 시간을 위해 민트 잎을 하나하나 정성 들여 담아 갔다.

를 생각하면서 해법을 찾아보았다. 상대는 다른 사람들과의 형평성이 중요했다. 그것을 다시 이해하고 나니 마음이 한결 가벼워졌다.

하루 내내 공감 연습을 하면서 머리 쓰는 동안, 참여자들은 배우는 기쁨과 함께 피곤함도 느꼈다. 이 순간을 위해 준비해 간 것이 있다. 바로 민트차다. 민트는 차고 가벼운 성질이 있어서 머리를 맑게 해준다. 이 때문에 한방에서는 울화병 치료에 민트를 쓴다고 한다.

보통 때와 달리 이번에는 민트 잎을 하나하나 정성껏 손질해서 담아 갔다. 쉬는 시간마다 민트차를 마시면서 사람들이 한마디씩 한다. 시중에 파는 것과는 맛과 색깔이 정말 다르다고. 그 말에 뿌듯함을 느낀 3일이었다. 선불 주문도 하나 받았다.

차를 마시며 우리 마을에서도 연습모임이나 워크숍을 열었으면 좋겠다고 말하니 뜻이 있으면 언젠간 실현될 것이다, 열리면 꼭 오겠다고들 말한다. 문득 학교 옆 단무지공장 주인이 팔려고 내놓은 땅이 생각난다. 혹여라도 그곳에 우리 마을과 성격이 다른 전원주택 단지가 들어선다면 생태마을의 가치를 유지하기가 어려울지도 모르겠다는 걱정이 든다. 땅덩이가 커서 부담되는 가격이긴 하지만, 그곳에 비폭력대화 수련원이 들어선다면 정말 좋겠다는 생각이 불현듯 떠오른다.

세계의 생태공동체들은 어느 곳이든 의사소통 방법을 고민한다. 『이타카 에코빌리지』란 책을 보면 이 생태마을도 구성원들 간의 의사소통에 문제가 있어 전문가를 초청하여 대화법 교육을 받았다. 『세계 어디에도 내 집이 있다』라는 책에 나오는 영국의 핀드혼이나 부르더호프 등의 생태공동체도 의사소통 방식을 중요시한다. 남의 의견을 부정하거나 비판하지 않으면서 자기 생각을 말하고, 서로 마음이 상하면 하루가 지나기 전에 사과한다고 한다. 이런 의식적인 연습이 오래 쌓이면 새로운 대화 습관이 만들어질 것이다.

교육을 받은 후 어느새 나는 다른 곳에 와 있었다. 외부의 갈등보다 내면에서 솟아오른 갈등을 풀어야 했다. 회사를 계속 다닐 것인지 말 것인지. 계속 다니고자 할 때의 욕구는 경제적 안정, 그만두고자 할 때의 욕구는 자유로운 삶. 우리나라 대안교육의 모순은 아이의 자유와 행복을 위해 부모들이 경쟁 사회에서 계속 돈을 벌어야 한다는 것이다. 나 역시 제일 걸리는 것이 아이의 학비였다. 이 모순을 어떻게 해결할 것인가. 방법을 찾아보니 대안교육에도 여러 가지 길이 있었다. 인가형 대안학교, 밥값만 드는 공립 대안학교, 집에서 다니는 대안학교 등.

회사에서의 갈등이 오히려 내게 새로운 길을 열어주었다. 산촌생활 1년 반 만에 오랫동안 바라던 삶으로 들어가기로 결정을 내렸다. 새로운 삶에 대한 대안이 없었다면 쉽게 결정할 수 없었을 것이다.

손님의 선물

6월 마지막 주. 귀한 손님 세 명이 산촌에 왔다. 첫 번째는 큰아들 지현이. 며칠 뒤면 제대하는 아이가 말년 휴가를 얻어 산촌에 왔다. 아이 군 입대 후 산촌에 집을 얻었고, 파주에서 군 생활하는 아이가 휴가 나오면 내가 일산으로 올라가니까 그간 산촌에 올 기회가 없었다.

금요일 밤, 큰아이는 열 시 넘어 학교에서 돌아온 강현이와 읍내 피시방에 놀러 나갔다. 여덟 살 터울이지만 컴퓨터 게임이라는 공통분모가 있다. 강현이는 형 덕분에 친구들보다 게임을 잘한다. 1시까지 돌아오라고 말했지만, 역시나 새벽 4시에 돌아왔다. 새벽 라면을 끓여 먹으며 둘이 소곤소곤 이야기를 나눈다. 학교는 재미있느냐, 학교에서 뮤지컬 같은 것도 하냐, 잘하느냐 등.

토요일 아침, 강현이는 졸린 눈을 비비며 음주 벌칙을 수행하러 학교에 가고, 큰아이는 밥 먹으라고 깨워도 힐링한다며 열두 시간을 내리 잔다. 그러곤 느지막이 일어나 주변을 한 바퀴 휙 돌고 와서는 읍내에 나가 치맥을 사 와 포치에 차려놓고 산촌살이의 멋을 제대로 누린다. 늦게 돌아온 동생에게 안 먹겠다는 맥주를 억지로 먹이며 형제들끼리 짧은 정을 쌓은 후, 일요일 오전 서울로 올라갔다.

두 번째 손님은 건축가 친구. 새로 지을 집을 설계할 친구다. 지난 오월, 오랫만에 만나 이야기를 나누다가 산촌에 작은 집을 지으려고 한다고 말하니 즉석에서 설계를 해주겠다고 한다. 한번 지어보고 싶었다면서. 생태화장실을 지어야 한다고 하니 그것도 멋지게 설계하고 싶은 것 중 하나라고 한다. 이런 반갑고 고마울 때가 있나.

1년 반 산촌살이를 하고 나니 나도 내 집을 짓고 싶었다. 마을 사람들도 좋고 마을의 기운이 나와 잘 맞는 것 같았다. 글에서 쓴 대로 아주 작은 집을 짓고 싶었다. 관건은 땅. 작년 여름 열대야를 겪으면서 집 뒤에는 산이 있는 게 좋을 것 같았고, 위치는 천문대와 가까우면 좋겠다고 생각했다.

산책하다가 딱 그런 자리를 만났다. 천문대 바로 위 녹지가 그런 땅이었다. 잡풀이 우거져 있어 군유지인 줄 알았는데 아직 집을 짓지 않은 신바람* 님 땅이란다. 그 땅 중 조금만 있으면 좋겠다는 생각이 들었다. 살아보니 땅은 넓을 필요가 없었다. 마을길도, 뒷산도, 옆집 잡초 밭도 정성스럽게 가꾸면 내 땅이 되기 때문이다. 곧바로 신바람 님에게 100평만 팔라고 제안을 했고 승낙을 받아 측량을 한 후 계약을 마쳤다. 드디어 나도 마을에 땅을 갖게 되었다.

전날 큰아이와 함께 내려온 건축가 친구는 모기한테 얼굴 서너 방을 뜯긴 채 토요일 오전 느지막이 일어났다. 모기 물리는 것도 모르고 잘 잤다고 한다. 커피 한잔 후 나의 희망 사항을 들으며 집 구상도를 그리고 집터를 살펴본 후 마을 구경을 했다. 집 구경하러 들른 개나리네 집에서는 때마침 점심까지 얻어먹었다. 집으로 돌아온 후에는 달콤한 낮잠을 즐겼다. 저녁나절에는 마을 사는 목수를 만나 집짓기에 대해 상의했다. 한옥이 전공인 목수는 간디학교 임주 선생님의 남편이다. 학교 건물 지으러 왔다가 눈이 맞았다는데, 건장하고 훤칠한 외모에 직업이 목수라니 반할 만도 하다. 패시브 하우스Passive house(고효율 주택)를 짓고 싶다는 말에, 꼭 한번 지어보고 싶었다며 반긴다. 문제는 비용이다.

두 끼는 남의 집에서, 한 끼는 우리 집에서 라면을 먹은 후 친구는 저녁 늦게 서울로 올라갔다. 밥 한 끼 직접 만들어 대접하지 못한 게 영 미안하다.

세 번째 손님은 초등 죽마고우. 일하랴, 공부하랴 항상 바쁜 친구다. 산촌에 온다 온다 하고는 1년 반이 지나서야 겨우 시간을 냈다. 토요일 밤 차를 타고 새벽 1시에 도착하는 친구를 마중 가려고 자다 깨어 밖으로 나오니 밤하늘에서 별빛이 쏟아진다. 읍내로 내려가는 길목에서 차를 서너 번이나 세우고 밤하늘을 올려다보았다. 여름에만 볼 수 있다는 은하수가 어떤 건지 대번에 알겠다. 집으로 올라온 후에는 친구와 평상에 누워 잠시 별빛 샤워를 했다. 별아띠 말을 들으니, 이날 밤 별이 마을 생긴 후 최고였다고 한다. 찍어놓은 사진을 보니 정말 아름답다.

오랜만에 만난 우리는 새벽 5시까지 밀린 수다를 떨다 잠자리에 들었다. 친구는 정오쯤 일어나 안나사랑네 자두 따기, 개나리네 푸성귀 따기, 우중 잡초 뽑기와 물장난 등으로 하루를 보냈다. 저녁엔 들국화네 천문대에서 닭백숙을 먹은 후 모기장 안에 누워 어두워지는 밤하늘을 보며 뒹굴뒹굴했다. 그동안 내가 산촌에서 즐긴 모든 것을 친구와 같이 즐겼다.

다른 시간에 도착하여 각기 다른 시간에 떠난 세 명의 주말 손님에겐 공통점이 있다. 첫째, 잠을 잘 잤다. 웬일인지 잠이 마구 쏟아졌다고 한다. 쉬이 잠들지 못하는 친구도 금세 잠이 들어서는 깨지 않고 잘 잤다. 땅이 주는 편안함이 있나보다.

둘째, 우리 마을이 딴 세상 같다고 한다. 한적하여 무섭기까지 한 산길을 구불구불 지나자 산 중턱에 홀연히 펼쳐진 마을. 범상치 않은 들국화의 차림새와 천문대의 별 구경, 색다른 학교 모습과 홈스테이 아이들, 저마다 특색 있는 집들이 신기하다고 한다. 큰아이는 〈이상한 나라의 앨리스〉에 나오는 그 이상한 나라 같단다. 마을이 느낌 있다며, 왜 엄마가 주말마다 내려오는지 알겠다고 한다. '음, 내가 그런 곳에 살고 있단 말이지.'

먼 데서 오신 귀한 손님 덕분에 그간 미처 몰랐던 마을의 가치를 알게 되었다. 그런 곳에 드디어 터를 잡고 내 집을 짓는다. 이제 진정한 마을의 주민이 되는 것이다.

오도이촌을 권하며

시골살이를 하면서 막연히 글을 써보고 싶다는 생각이 들었다. 2013 년 6월부터 100여 명의 지인들에게 '산촌일기'라는 제목으로 메일링 서비스를 시작했다. 그 글들을 모아 책을 펴낸다.

글을 쓰는 동안 많은 분의 호응을 받았다. 고민이 필요한 질문도 받았다. '오도이촌' 좋은 건 알겠는데 돈 있는 사람만 가능한 것 아니냐는 것이다. 그렇게 생각할 수도 있겠구나 싶었다. 도시에서 한 집 살림하기도 버거운 사람들에게는 사치로 보일 수도 있을 것이다. 그러나 내 나이쯤 되면 은퇴하고 나서 무엇을 하고 살지 자주 생각하게 된다. 적지 않은 사람들이 시골살이를 꿈꾼다. 오도이촌은 그런 사람들이 미리 해봐야 할 현실적인 대안이다.

오도이촌 생활을 하려면 우선 집이 필요하다. 나는 살고 싶은 마을이 분명했기 때문에 빈집이 있느냐가 관건이었다. 다행히 마을에 귀농한 친구가 있어서 쉽게 정보를 구했다. 여름에 집을 구할 당시, 빈집은 세 채가 있었다. 그중 하나가 마음에 들어 주인에게 연락을 했다. 주인은 팔려고 내놓은 집이기 때문에 빌려줄 수 없다고 말했다. 다른 집 역시 팔려고 내놓은 집이었다. '내년까지 집이 없으면 어떡하나' 하고 갑자기 조급한 마음이 들었지만, '시간이 있으니까 또 생길 거야' 하며 마음을 느긋하게 먹었다. 한 달쯤 뒤에 집을 빌려주기로 마음을 바꾸었다는 기별이 왔다. 마을에서 자란 아이가 이곳 학교에 오고 싶어 해서 2년간 기다려보기로 했다고. 주인은 전세로 얼마를 생각하느냐고 물었고, 나는 가진 돈만큼을 대답했다. 처음에는 생각보다 적다고 하더니, 곧 그렇게 하자고 했다.

나처럼 일반 주택을 빌리는 것 말고 다른 방법이 있는지 알아보았다. 경기도는 농촌개발사업의 일환으로 2007년부터 체재형 주말농장 사업을 시작했다. 우리나라보다 일찍 산업화를 경험한 독일, 러시아, 스웨덴, 일본은 열악한 환경에 거주하는 도시민의 건강과 복지 향상을 위해 정부가 농장 딸린 작은 집을 권장하기 시작했다. 그 결과 국민 상당수가 현재 주말농촌 주택을 이용하고 있다고 한다. 독일의 '클라인가르텐', 러시아의 '다차'가 대표적이다. 우리는 농촌개발사업의 일환으로 외국의 사례를 도입했다.

경기도에서 도입한 체재형 주말농장은 1호당 밭 200평, 집 10평짜리

5호로 구성되어 있는데, 현재 20개 마을에 약 100호가 들어서 있다. 2007년부터 시작한 사업인데 생각보다 공급량이 많지 않다. 그래서 그런지 경쟁률이 높고 임대료가 계속 올라가는 것 같다. 최근 충주호 근처에 새로 분양하는 주말농장이 있어 물어보니 기본 임대료가 연 400만 원이라고 한다. 한 달 30만 원 이상이니 적지 않은 금액이다. 그럼에도 불구하고 두 지역 모두 최고가 낙찰제를 적용하고 있다. 수요에 비해 공급이 많이 부족하다는 이야기다.

체재형 주말농장처럼 시골의 작은 집 바람이 우리 마을에도 불고 있다. 간디학교 8기 은서네는 친구네 집 여유 부지에 1700만여 원을 들여 군불 때는 원룸을 지었다. 마을 사람들이 목수로 참여했기 때문에 시중 가격보다 저렴하게 들었다. 산청 인근에는 일명 '농막주택'을 주문 받아 제작하는 목조주택 회사가 있다. 다 지어진 집을 컨테이너로 운반해주기 때문에 건축 기간이 매우 짧다.

외국에선 드물지 않는 오도이촌의 삶이지만 우리나라에선 아직 생소하다. 그 이유가 뭘까. 사람들이 여전히 도시를 선호하고, 자연에 대한 욕구가 아직 선진국만큼 강렬하지 않아서일 것이다. 도시에서 일하는 시간이 과도한 것도 한 가지 이유일 테고, 외국처럼 쉽게 주말농장을 구할 수 있는 상황이 아니어서이기도 할 것이다.

도시에서 시들시들 자라는 아이들을 생각한다면 젊은 가족을 위한 이런 체재형 주말농장이 절실하지만, 젊은 층이 꿈꾸기에는 아직 여건이 갖춰지지 않았다. 이들에게는 좀 더 가깝고 저렴한 방식의 대안이 필요하다.

시골살이를 꿈꾸는 예비 은퇴자들에게는 오도이촌이 매우 필요한 과정인 것 같다. 주변에는 시골살이에 대한 로망을 가진 동년배들이 많고, 직접 전원주택을 지어 실행에 옮긴 사람도 있다. 그러나 예비 경험 없이 처음부터 큰 집을 지었다가 후회를 하는 경우가 적지 않다.

아는 어떤 사람은 경기도 인근에 큰 별장을 지었다가 점점 찾아가는 횟수가 줄어들면서 팔려고 내놓았으나 매매가 안 되어 맘고생을 하고 있다. 부동산에서는 정 팔고 싶으면 땅값만 받으라고 한단다. 그 이야기를 들으니 비어 있는 주말주택이 많을 것 같다. 집은 비워둘수록 망가지니까 그런 집의 관리인을 자처하는 것도 오도이촌의 한 방법이겠다 싶다. 이계진 전 국회의원도 15년 산촌생활에 대한 책을 냈는데, 그 책에서 몇 가지 아쉬운 점을 토로했다. 그중 하나가 집을 너무 크게 지은 것이라면서 만약 다시 짓는다면 작은 집을 짓겠다고 말한다.

시골집은 매매가 잘 안 되기 때문에 한번 잘못 지으면 두고두고 근심거리인 것 같다. 그러니 시골살이 로망을 가진 사람이라면 본격 집짓기에 앞서 남의 집을 빌리거나 작은 집을 장만해서 한번 살아보는 경험이 필요하다. 자신이 정말 시골살이를 좋아하는지, 내가 감당할 수 있는 땅과 집의 크기는 어느 정도인지, 2, 3년 정도 살아보면 알 수 있을 것이다.

가다가 아니면 돌아갈 수도 있어야 하고, 했다가 아니면 그만둘 수도 있어야 한다. 집 때문에 발목 잡히는 건 불행한 일이다. 한곳에 머물지 않고 양쪽을 오가는 것도 괜찮은 삶이다. 한곳에 머물면 늘 떠나고 싶은 게 인간의 마음이니까. 생각하는 것과 실제는 정말 다르다. 일단 한번 해보라는 말이 그래서 생겼으리라.

새로운 삶의 시작

7월 6일 여름방학이 시작되었다. 이틀 뒤인 7월 9일 강현이와 산티아고로 가는 36일간의 여정에 올랐다. 아이와 약속한 여행을 올해는 꼭 떠나려고 세월호 사건 직후 4월 말에 비행기표를 예매했다. 지방선거 예비후보로 나갔다가 탈락 후유증을 겪던 남편도 합류했다. 회사에는 일주일 남은 휴가를 올리고 한 달 동안 휴직을 신청했다. 휴직 사유는 치유를 위한 가족 여행. 그러나 회사 규정상 불가능한 일이었다. 무단결근하면 퇴직금도 없이 바로 퇴사라는 말에 여행지에서 사직서를 제출했다. 드디어 자유다!

—
2년간 미뤄둔 스페인 산티아고길을 드디어 걸었다.

남자 둘에 여자 하나가 함께 걷는 카미노. 나보다 다리 긴 남자 두 사
람은 늘 앞서 가고 나는 뒤에 처졌다. 아들과 함께 걸으면서 많은 이야기를
나누려고 왔는데, 아들과 아빠의 여행으로 바뀌었다. 이건 아니잖아 ······.
결국 카미노를 20일로 단축하고 포르투갈, 스페인, 프랑스 여행으로 여정
을 바꾸었다. 포르투와 리스본을 거쳐 축구 좋아하는 아이가 가고 싶어 하
던 레알 마드리드와 FC바르셀로나 구장에 다녀왔다. 아이는 축구의 영혼
이 느껴진다고 했다. 전 세계 젊은이들이 모이는 테제 공동체와 마르세유,
리옹, 스트라스부르에도 다녀왔다.

　　30여 일간 세 식구가 한방에서 같이 자고 같이 밥해 먹으며 24시간을
같이 지냈다. 침대에서 떨어져 실신하고, 진드기에 물려서 생고생을 하고,
가방을 잃어버렸다가 다시 찾고, 버스 시간에 맞추느라 정신없이 뛰고, 숙
소를 못 찾아서 헤매다 경찰서에서 자고, 휴대전화 분실신고를 하러 세 번
이나 경찰서에 가고, 식기 하나 없는 곳에서 밥을 해 먹는 등 수시로 일어
나는 사건과 문제를 해결하느라 머리를 맞댄 시간들. 아이가 태어나서 지
금까지 함께한 시간보다 더 많은 시간과 경험을 함께했다. 그 사이 일어난
변화는 잔잔하면서 거대하다. 결코 돈으로 살 수 없는 것들이다.

　　여행을 다녀온 지 이틀 후인 8월 16일 아이는 다시 필리핀으로 떠났
다. 2학년 2학기 넉 달을 필리핀 간디학교에서 보내고 12월 6일 돌아온다.
8월 25일 나는 대전의 짐을 정리해서 산촌으로 옮겼다. 직장인 스타일 옷
들과 작아서 못 입는 옷들을 모두 '아름다운가게'에 기부했다. 입지도 않고
묵혀둔 옷들과 있는 줄도 모르고 새로 사들인 옷들을 보니, 자유를 저당 잡
히고 번 돈을 얼마나 한심스럽게 썼는지 뼈아픈 반성이 몰려왔다. 사용하

지 않는 가방이며 잡동사니들도 대량 처분했다. 연구실에 있던 책은 앞으로 삶에 필요한 것들만 남기고 버리거나 후배들에게 기부했다. 가구들도 거의 다 버렸다. 버린다고 버렸지만 미련 때문에 버리지 못한 것들이 여전히 그득했다. 승용차 한 대로 옮기려던 짐은 결국 작은 용달차에 실어야만 했다. 작은 집을 짓고 살게 되면 그때 또 얼마나 버려야 할지.

갑작스러운 사직에 회사 사람들이 놀랐나보다. 그러나 산촌일기를 받아보던 사람들은 이유를 짐작할 것이다. 그들의 말을 들어서일까. "좋은데 가신다면서요?" 하는 말도 듣고, 1, 2급 환송회 자리에서는 내가 제일 부럽다는 말도 들었다. 직장인이 퇴직하면 살고 싶은 삶. 그 삶 속으로 들어간다.

사람들은 앞으로 뭘 해먹고 살 거냐고 묻는다. 나의 대답은 적게 먹고 적게 쓰며, 내 손으로 직접 하겠다는 것. 그리고 시간이 남으면 이웃의 이야기를 들어주며 살려고 한다. 그러다보면 예기치 못한 곳으로 내가 또 가 있을 것이다.

지은이 | **윤인숙**

서울대학교 환경대학원에서 도시계획학 박사 학위를 받고 한국토지주택연구원에서 연구위원으로 일했다. 늦은 나이에 둘째를 낳고 엄마 노릇이 버거웠는데 우연히 찾아간 시골에서 답을 찾았다. 아이는 강원도 양양에서 산촌유학을 하다가 경남 산청의 간디어린이학교로 옮겨 다녔다. 아이와 함께 시골을 드나들면서 자연스럽게 시골의 매력을 발견하였고, 은퇴 후에는 시골에서 살고 싶다는 로망을 품었다. 아이의 중학교 입학을 준비하면서 아이와 보낼 수 있는 시간이 줄어드는 것을 염려하던 즈음, 선생님의 제안으로 2013년부터 간디마을에 집을 얻어 주말 시골살이를 시작했다. 그곳에서 뜻밖의 선물을 받았다. 생태의 중요성과 자연의 위대함, 시골살이의 풍요로움, 공동체의 따스함, 엄마로서의 행복이 그것이다. 그리고 뒤늦게 새로운 꿈을 발견했다.

2014년 7월, 아이가 더 크기 전에 함께 걸으려고 떠난 스페인 산티아고길 위에서 사직서를 제출하고 자유인이 되었다. 적게 먹고 적게 쓰는 삶, 내 손으로 하는 자족적인 삶을 살면서 주변 사람에게 필요한 치유의 공간을 만드는 것이 꿈이다.

이메일 yoonis2000@yahoo.co.kr
블로그 blog.naver.com/yoonis2000

마음을 정하다

5도2촌 엄마의 귀촌 이야기

ⓒ 윤인숙, 2014

지은이 | 윤인숙
펴낸이 | 김종수
펴낸곳 | 도서출판 한울
편집책임 | 이교혜

초판 1쇄 인쇄 | 2014년 10월 24일
초판 1쇄 발행 | 2014년 11월 3일

주소 | 413-120 경기도 파주시 광인사길 153 한울시소빌딩 3층
전화 | 031-955-0655
팩스 | 031-955-0656
홈페이지 | www.hanulbooks.co.kr
등록번호 | 제406-2003-000051호

Printed in Korea.
ISBN 978-89-460-4922-2 03810

* 책값은 겉표지에 표시되어 있습니다.